À SON IMAGE

DU MÊME AUTEUR

VARIÉTÉS DE LA MORT, Albiana, 2001 ; Babel n° 1275.

ALEPH ZÉRO, Albiana, 2002 ; Babel n° 1164.

DANS LE SECRET, Actes Sud, 2007 ; Babel n° 1022.

BALCO ATLANTICO, Actes Sud, 2008 ; Babel n° 1138.

UN DIEU UN ANIMAL (prix Landerneau), Actes Sud, 2009 ; Babel n° 1113.

OÙ J'AI LAISSÉ MON ÂME (grand prix Poncetton de la SGDL, prix France Télévisions, prix Initiales, prix Valery-Larbaud), Actes Sud, 2010 ; Babel n° 1247.

LE SERMON SUR LA CHUTE DE ROME (prix Goncourt), Actes Sud, 2012 ; Babel n° 1191.

À FENDRE LE CŒUR LE PLUS DUR (avec Oliver Rohe), Inculte/dernière marge, 2015 ; Babel n° 1500.

LE PRINCIPE, Actes Sud, 2015 ; Babel n° 1446.

IL SE PASSE QUELQUE CHOSE (chroniques), Flammarion, 2017 ; Babel n° 1549.

À SON IMAGE (prix littéraire *Le Monde*, prix Méditerranée), Actes Sud, 2018 ; Babel n° 1707.

LES MONDES POSSIBLES DE JÉRÔME FERRARI. ENTRETIENS SUR L'ÉCRITURE AVEC PASCALINE DAVID, Actes Sud/diagonale, 2020.

Références des extraits placés en exergue :
La Bible. L'Ancien Testament, vol. 1, "Exode", trad. Édouard Dhorme, Gallimard, Bibliothèque de la Pléiade n° 120, 1956.
J. M. Coetzee, *Elizabeth Costello*, trad. Catherine Lauga du Plessis, Le Seuil, 2004.
Mathieu Riboulet, *Les Œuvres de miséricorde*, Verdier, 2012.

ISBN 978-2-330-13915-5

JÉRÔME FERRARI

À SON IMAGE

roman

BABEL

In mimoria di u me cucinu caru, Jean Vesperini.

Tu ne feras pas d'idole, ni aucune image de ce qui est dans les cieux en haut, ou de ce qui est sur la terre en bas, ou de ce qui est dans les eaux sous la terre.

Tu ne te prosterneras pas devant eux et tu ne les serviras pas.

Exode, XX, 4-5.

C'est obscène ! avait-elle envie de crier, mais elle n'a pas crié, parce qu'elle ne savait pas à quoi il fallait destiner le mot : à elle-même, à West, au haut comité des anges qui surveillent, impassibles, tout ce qui advient. Obscène parce que de telles choses ne devraient pas se produire, mais obscène aussi parce que, une fois qu'elles se sont produites, elles ne devraient pas être mises à la lumière du jour, mais devraient être étouffées, rester cachées à jamais dans les entrailles de la terre (…).

J. M. COETZEE,
Elizabeth Costello.

La mort est passée. La photo arrive après qui, contrairement à la peinture, ne suspend pas le temps mais le fixe.

MATHIEU RIBOULET,
Les Œuvres de miséricorde.

Prières au bas de l'autel

1

(Sur le chemin du retour, Voïvodine, 1992)

La dernière fois qu'elle l'avait vu, dix ans plus tôt, il rentrait chez lui et elle l'accompagnait. Depuis que le car de Belgrade les avait déposés à la gare routière, il n'avait pas dit un mot. Et puis il s'était arrêté, toujours en silence, pour s'accouder à la balustrade d'un pont sur le Danube dont les bombardements de l'Otan de 1999 ne laisseraient bientôt subsister que les piliers. Antonia se tenait en retrait, l'appareil photo à la main, et elle le regardait. Il portait un treillis déchiré sur lequel il avait cousu ses galons de sergent et, sous l'insigne de la JNA* dissoute, un écusson serbe à l'aigle bicéphale flanqué des quatre sigma lunaires. À ses pieds était posé un grand sac militaire ne contenant rien d'autre qu'une édition hongroise du *Kaddish pour l'enfant qui ne naîtra pas* d'Imre Kertész, le premier volume d'une traduction serbo-croate des œuvres complètes de Bukowski et quelques cassettes, de R.E.M. et Nirvana, dont il ne se rappelait même plus la dernière fois qu'il les avait écoutées. Il se tenait la tête dans les mains. Il ne regardait pas les eaux noires du fleuve, le ciel chargé de pluie. En passant près de lui, un groupe

* Armée populaire yougoslave.

de très jeunes gens qui s'avançait sur le pont avait ralenti et éclaté d'un rire incompréhensible en le toisant ostensiblement. Antonia avait pris la photo, la dernière du reportage qu'elle lui avait consacré et qui ne serait jamais publié. Il avait d'abord semblé ne pas réagir. Et puis il avait relevé la tête et Antonia avait vu qu'il pleurait. Il avait ramassé son sac et, alors qu'elle s'apprêtait à le suivre, il l'avait arrêtée d'un signe de la main et elle était restée sur le pont à le regarder s'éloigner jusqu'à ce qu'il eût disparu et qu'il fût trop tard pour d'autres adieux.

Ce vendredi soir d'août 2003, sur le port de Calvi, elle le reconnut immédiatement. Dragan marchait dans sa direction, au milieu de la foule des touristes, avec un autre sous-officier de la Légion étrangère et son uniforme était maintenant impeccable. Elle s'arrêta. Quand il croisa son regard, il lui sourit et vint l'embrasser avec une chaleur qui ne pouvait être feinte. Elle était si troublée qu'elle ne réalisa pas tout de suite qu'il s'adressait à elle en français. Il désigna l'appareil qu'elle portait en bandoulière. Il y a des choses intéressantes à photographier ici ? Elle se mit à rire. Non. Vraiment rien d'intéressant. Elle prenait des photos de mariage, maintenant, et c'était la raison de sa présence à Calvi. Des photos d'alliances. De familles émues. De couples, évidemment, beaucoup de couples, devant des massifs de fleurs, des voitures de luxe ou des couchers de soleil sur la Méditerranée. Toujours les mêmes choses à la fois curieusement grotesques, répétitives et éphémères. Elle gagnait bien sa vie mais ce n'était certainement pas intéressant. Elle se tut. Elle craignit qu'il ne pût mesurer la profondeur de son amertume. Elle lui demanda s'il voulait prendre un verre.

Il était d'astreinte. Il devait rentrer au camp Raffalli. Mais il serait heureux de passer la soirée du lendemain avec elle. Antonia avait prévu de retourner chez elle, dans le Sud, dès la fin du mariage. Elle avait promis à ses parents de dîner avec eux. Il haussa les épaules. Ne pouvait-elle rester un jour de plus ? Elle le regarda. Bien sûr que si, elle pouvait.

Elle appela sa mère pour lui annoncer qu'un imprévu la forçait à prolonger de vingt-quatre heures son séjour en Balagne. Elle ne pourrait pas dîner au village samedi soir, comme elle l'avait promis, mais elle serait là sans faute le lendemain. Bien qu'Antonia s'efforçât de présenter ce contretemps sous un jour aussi peu dramatique que possible, elle n'en déclencha pas moins presque immédiatement un réquisitoire éploré dans lequel lui étaient reprochés sa désinvolture, son ingratitude et son égoïsme. Antonia ne commit pas l'erreur de se mettre en colère. Elle assura sa mère de la perfection de son amour filial, lui dit qu'elle se réjouissait de la voir dimanche et la réduisit au silence en lui raccrochant plus ou moins au nez. Après quoi elle éteignit son portable et alla se coucher.

Toute la journée, elle essaya de se concentrer sur son travail. Elle photographia la jeune mariée depuis sa sortie de la salle de bains jusqu'au moment où elle enfila une robe qui fut unanimement jugée sublime par un entourage en pâmoison, elle photographia le sourire nécessairement radieux du fiancé au moment où il découvrait sa promise, elle les accompagna à l'église, prit, pendant le banquet, des photos de tous les invités abrutis de chaleur et d'alcool, et finit la journée sur la plage où elle s'accorda le plaisir coupable de faire longuement poser les mariés sous le soleil brûlant dans des postures sophistiquées qu'elle espérait aussi douloureuses que ridicules. À la fin de la séance, ils étaient en sueur mais ravis. Ils ne doutaient pas que le résultat serait magnifique, comme l'avait été cette journée. Ils payèrent Antonia en la remerciant chaleureusement et elle put aller rejoindre Dragan pour le dîner. Ils discutèrent toute la nuit et, quand elle rentra à l'hôtel, il était cinq heures du matin. Elle n'avait pas sommeil. Si elle se couchait et parvenait malgré tout à s'endormir, il lui faudrait libérer la chambre à onze heures. Elle décida de prendre la route. Elle s'arrêterait chez elle, dormirait toute la journée et monterait au village dîner avec ses parents. Elle se mit au volant et ouvrit toutes les vitres de la voiture. Il faisait encore nuit et la température n'était jamais descendue en dessous de trente degrés. Elle traversa L'Île-Rousse. Sur la route de l'Ostriconi, au détour d'un virage, alors que la mer en contrebas demeurait dans l'ombre de la nuit, le soleil qui éclairait vaguement le ciel derrière les montagnes en franchit brusquement les crêtes et ses premiers rayons vinrent illuminer le visage d'Antonia. Elle se laissa éblouir un instant et ferma les yeux.

Ses parents et son frère, Marc-Aurèle, l'attendirent longtemps. Ils ne pouvaient joindre que sa messagerie. À neuf heures du soir, sa mère était définitivement passée de l'indignation au désespoir. Ils quittèrent le village tous les trois pour descendre en ville, ils sonnèrent en vain à la porte de l'appartement d'Antonia, interrogèrent ses voisins, sillonnèrent en tous sens les rues du quartier pour tenter d'y repérer sa voiture et finirent par prévenir la gendarmerie. Le lendemain, en fin d'après-midi, deux gendarmes arrivèrent au village et la mère d'Antonia se mit à hurler dès qu'elle vit l'expression de leurs visages. Ils lui confirmèrent que ce qu'elle avait craint, non pas seulement pendant les dernières vingt-quatre heures mais, au fond, toute sa vie, venait effectivement d'arriver. Leurs collègues de Balagne avaient retrouvé la voiture d'Antonia au fond d'un ravin de l'Ostriconi. Il leur avait fallu du temps. Il était presque impossible de la repérer depuis la route et il n'y avait sur l'asphalte aucune trace de freinage pour orienter les recherches. Ils avaient dû utiliser un hélicoptère. Antonia était sans doute morte la veille, à l'aube. Les gendarmes voulurent prendre congé mais le père d'Antonia insista pour leur offrir des cafés qu'ils burent en silence, debout dans la cuisine, les yeux baissés et le képi à la main.

Deux jours plus tard, le cercueil est déposé sur un modeste catafalque devant l'autel, entre deux longs cierges blancs. Le prêtre qui s'avance pour le bénir est l'oncle maternel d'Antonia. Il est aussi celui qui, trente-huit ans auparavant, dans la même église, la tenait serrée contre lui alors que l'eau froide du baptistère répandue sur son front la faisait pleurer. À cette époque, il avait dix-sept ans. Il ne s'intéressait pas au rituel. Il ne songeait à rien d'autre qu'à réconforter le petit enfant qui s'agitait dans ses bras.

Maintenant, il dit : *J'irai vers l'autel de Dieu* et l'assemblée répond : *De Dieu qui réjouit ma jeunesse.*

Les paroles de la liturgie ne sont pas difficiles à prononcer. Elles ne lui appartiennent pas, elles existent sans lui, elles ne réclament ni sa douleur ni la tendresse inopportune de ses souvenirs mais seulement la matérialité de son corps pour s'incarner et se faire vivantes à travers lui. Il lui est en revanche pénible d'entendre la réponse de l'assemblée. Il lui semble que toutes ces voix s'unissent pour devenir celle d'Antonia et que c'est elle qui parle, une dernière fois, d'une étrange voix multiple, avant d'être réduite au silence. Il craint un instant de se laisser emporter par une émotion irrésistible et déplacée. Il ne peut rien faire d'autre que s'en remettre à la grâce de Dieu.

Il dit : *Notre secours est dans le nom du Seigneur.*

Il entend le bourdonnement des conversations de ceux qui n'ont pas pu trouver de place à l'intérieur de l'église et sont restés dehors pour attendre la fin de la cérémonie et présenter leurs condoléances. Ils sont très nombreux. La mort prématurée constitue toujours, et d'autant plus qu'elle est soudaine, un scandale aux redoutables pouvoirs de séduction. Depuis l'autel, il voit se presser derrière les bancs de l'église les gens du village et des inconnus, il voit des cousins plus ou moins éloignés, ses frères et, au premier rang, tout près du cercueil, sa sœur et son beau-frère, et Marc-Aurèle qui pleure sans aucune retenue. Il aurait pu refuser de célébrer la messe, se tenir debout à leurs côtés. S'il avait fait ce choix, peut-être serait-il lui aussi en train de pleurer. Mais Antonia n'a que faire de larmes supplémentaires. Il n'en doute plus : c'est ici, au bas de l'autel, que se trouve sa place, c'est ici qu'il est le plus proche de sa filleule défunte, plus proche qu'il ne l'a été depuis bien longtemps.

Requiem æternam

2

(Famille de touristes marchant vers les plages, Corse-du-Sud, 1979)

Quand il offrit à Antonia, pour son quatorzième anniversaire, le premier appareil photo qu'elle eût jamais tenu entre ses mains, il était encore au séminaire. Elle se jeta à son cou dans un élan de joie enfantine car c'était alors lui, et lui seul, qui réjouissait sa jeunesse. Depuis quelques mois, elle s'était prise de passion pour les photos de famille qu'elle passait de longs moments à examiner attentivement, une à une, après les avoir étalées sur la table de la salle à manger. Quoiqu'elles fussent conservées dans le désordre le plus total à l'intérieur d'un vieux cartable en cuir, Antonia les manipulait avec un soin extrême, comme de fragiles et précieuses icônes. Ces photos ne présentaient pourtant aucun intérêt particulier. On trouvait les mêmes dans toutes les familles, qui racontaient toutes la même histoire mettant en scène les mêmes personnages : les nouveau-nés en robe de dentelles, les premières communiantes, les jeunes mariés, les femmes à la fontaine en tenue d'été, une quantité invraisemblable de soldats, victorieux et vaincus, arrogants, candidement virils, apeurés et honteux, posant dans les tranchées de la Somme, les rues de Rabat, Alep ou Saigon, les forêts tropicales et les déserts, avec l'ancre dorée des troupes coloniales brodée sur le képi, entourés de goumiers, de tirailleurs sénégalais, de spahis, montés sur des pur-sang arabes, près d'une pièce d'artillerie de la ligne Maginot et dans la cour d'un stalag, enveloppés dans des couvertures militaires, les enfants assis sur les genoux de leur mère, les premiers groupes d'adolescents hilares en maillots de bain et en couleurs et les vieilles femmes voilées dont l'expression inévitablement sinistre attestait que ce bas monde était bel et bien la vallée de larmes qu'évoquent les Psaumes. Le parrain d'Antonia crut d'abord qu'elle s'intéressait à ses origines et lui offrit de la guider sur les chemins enchevêtrés d'une généalogie que les veuvages précoces et les remariages, les enfants nés de plusieurs lits, les inévitables filles-mères et les unions subtilement consanguines rendaient irrémédiablement obscure au néophyte. Les efforts considérables, et parfois vains, qu'il fournit pour identifier des inconnus et déterminer leur degré de parenté ne suscitèrent chez Antonia qu'un intérêt poli. L'énigme qui la captivait n'était pas celle-ci. Peu lui importait d'appartenir ou pas à la famille de ceux qui avaient laissé leur trace sur le papier glacé. L'énigme consistait en l'existence de la trace elle-même : la lumière réfléchie par des corps désormais vieillis ou depuis longtemps tombés en poussière avait été captée et conservée au cours d'un processus dont l'aspect miraculeux ne pouvait être épuisé par de simples explications techniques. Antonia regardait un portrait de sa mère à dix ans, debout à l'ombre du laurier planté devant la maison, à côté d'une minuscule aïeule tirant comme de juste une gueule épouvantable, ou elle reconnaissait son parrain, au même âge, parmi d'autres élèves réunis sous le préau de l'école du village pour une photo de classe, et la maison, le préau, le laurier même, paraissaient n'avoir pas changé mais l'aïeule était morte, sa mère et son parrain n'étaient plus des enfants depuis longtemps et leur enfance disparue avait pourtant déposé sur la pellicule une trace de sa réalité aussi tangible et immédiate que l'empreinte d'un pas dans un sol d'argile et il semblait à Antonia que tous les lieux familiers et, depuis ces lieux, l'immensité du monde entier, s'emplissaient de formes silencieuses comme si tous les instants du passé subsistaient simultanément, non dans l'éternité, mais dans une inconcevable permanence du présent. Pourtant, Antonia savait bien que tous les adultes ont été des enfants, elle savait que les morts ont un jour vécu et que le passé, si lointain qu'il fût, a d'abord été présent ; en quoi la preuve de la vérité de ces lieux communs pouvait-elle se révéler énigmatique ou bouleversante ? Il était vain de chercher une réponse intelligente ou profonde à cette question : les photographies opposaient l'impénétrabilité de leur surface à toute quête de profondeur.

Il était certain que la nouvelle passion de sa nièce et filleule n'avait rien d'un caprice. En l'occurrence, il ne se trompait pas mais sa certitude ne relevait nullement de la sagacité. En vérité, il vouait une confiance aveugle à Antonia, tout ce qu'elle disait ou entreprenait lui paraissait admirable et, si elle était prise en faute, il supposait toujours qu'elle avait au fond obéi à quelque noble raison secrète. Depuis qu'il l'avait portée sur les fonts baptismaux, en ce dimanche matin de l'été 1965, alors même que sa relation avec Dieu était inexistante et qu'il luttait contre une affreuse gueule de bois consécutive à une nuit passée dans un cabaret de la ville, il se sentait indéfectiblement lié à elle, par le sang et par l'esprit. Il l'aimait comme si elle était réellement devenue sa fille par la grâce d'un sacrement auquel alors il n'accordait pourtant aucune espèce d'importance et cet amour était le seul, avant qu'un appel inattendu et impérieux le fît s'écrouler sur son propre chemin de Damas, qu'il fût capable d'éprouver pleinement, sans restriction ni limite. Sa sœur lui en faisait le reproche, elle prédisait qu'il transformerait Antonia en une insupportable enfant gâtée et n'apprécia pas qu'il se distinguât une fois de plus en offrant un cadeau aussi scandaleusement somptueux qu'un appareil photo. Elle l'apprécia d'autant moins que, dans les semaines qui suivirent son anniversaire, Antonia, loin de se lasser de son nouveau jouet, se mit à tenir les membres de sa famille et les visiteurs imprudents sous la menace constante de son objectif. Il fallut évoquer la confiscation définitive de l'appareil pour qu'elle se résignât à photographier les bêtes, les fleurs, les paysages et les bâtiments, toutes choses qui s'offraient à son avidité avec une indifférence docile. Antonia se désespérait. Elle ne s'intéressait ni aux bêtes ni aux fleurs, mais seulement aux humains, et elle ratait de surcroît toutes ses photos. Elle avait beau noter scrupuleusement dans un cahier les valeurs d'ouverture et les vitesses d'obturation, elle ne produisait que des images floues, trop sombres ou atrocement surexposées. Chaque fois qu'elle récupérait ses tirages, elle était prise de découragement. Elle ne progressait pas et cela coûtait une telle fortune que ses parents durent accepter qu'elle installât son propre laboratoire dans la cave. Elle apprit à développer elle-même ses négatifs dans les effluves acides des produits chimiques et du vin rosé que son père achetait en gros à la coopérative avant de le mettre lui-même en bouteilles. Elle finit par contrôler ses expositions erratiques et faire le point correctement. Mais même ainsi, elle n'était pas satisfaite. Il fallait reconnaître que la plupart des instants ne méritaient guère d'être miraculeusement arrachés à leur caducité. C'est seulement quand arriva le mois d'août 1979 qu'elle prit, presque malgré elle, la première photo qu'elle jugea digne d'être conservée.

Pascal B. et ses amis proposèrent à Antonia, à Madeleine et Lætitia O. et à d'autres filles du village qu'ils cessaient dangereusement de considérer comme des enfants, de les emmener manger une glace en ville. Ils garèrent les voitures sur le port. Les cafés étaient alignés le long d'une rue qui menait aux plages et qu'il fallait traverser pour rejoindre les terrasses en bord de mer où Antonia, appareil en main, s'installa avec les filles. Les garçons restèrent de l'autre côté de la rue, assis à une table posée sur le trottoir, à l'exception de Pascal B. qui s'adossa au mur près de l'entrée, son café à la main. Il portait un ensemble composé d'une tunique et d'un pantalon blancs agrémentés de broderies colorées d'inspiration indienne et des mocassins tressés, également blancs. Il avait alors dix-neuf ans et Antonia le trouvait irrésistible. Elle observa longuement le groupe à travers le viseur, soigna sa mise au point et attendit qu'un serveur importun qui traversait la rue eût disparu à l'intérieur du bar. Au moment où elle déclenchait, des passants qu'elle n'avait pas vus arriver surgirent dans le cadre, par la gauche. C'était un couple de touristes, un homme et une femme d'une quarantaine d'années, accompagnés de leurs deux enfants. Ils se dirigeaient vers la plage, pieds nus et seulement vêtus de maillots de bain, leurs serviettes jetées sur les épaules, inconscients d'avoir ruiné, par la désinvolture impardonnable de leur intrusion, la méticuleuse composition d'Antonia. Au moment du développement, Antonia découvrit avec stupeur que la photo était parfaite – et apprit ainsi qu'elle ne devrait jamais désespérer de la prodigalité du hasard : on y voit les garçons lever la tête tous ensemble avec une moue de réprobation et de dégoût vers la gauche du cadre où viennent d'apparaître les touristes insouciants qui s'avancent sous l'enseigne du bar. Pascal B. s'est tourné lui aussi vers eux mais son regard exprime bien davantage que de la réprobation ou du dégoût. Ils poursuivent leur chemin en souriant comme si le monde extraordinairement hostile qui les entoure n'existait pas. Il est impossible de décider si leur aveuglement relève de l'innocence ou du mépris. La photo ne montre pas, bien qu'elle en laisse évidemment entrevoir la possibilité, qu'une seconde plus tard, en se retournant brusquement vers sa femme, l'homme bouscula Pascal B. qui renversa son café et considéra un instant avec un air de stupeur incrédule les taches brunes maculant son bel ensemble blanc. Le coupable ouvrit la bouche, peut-être pour présenter des excuses inutiles, mais Pascal B. ne lui laissa pas le temps de parler et lui balança un coup de tête. Le touriste porta les mains à son nez et tomba à genoux sur le trottoir. La femme se précipita en criant sur Pascal B. qui la repoussa brutalement contre le mur. Il revint vers l'homme à terre et lui donna un coup de pied dans les côtes, suivi d'un second, en l'accablant d'injures. Le touriste se recroquevillait sur le sol, en essayant de se protéger comme il pouvait. Dans le bar, personne ne fit un geste pour venir à son secours. Les enfants terrorisés se mirent à hurler et à pleurer. La femme, dont l'épaule et le dos étaient écorchés, les prit dans ses bras en pleurant elle aussi. Antonia et les filles s'étaient approchées pour regarder. Tout le monde regardait. Brusquement, la fureur de Pascal B. retomba. Il resta debout, haletant, le regard vide et fit demi-tour pour entrer dans le bar. L'homme se releva, le visage en sang, et repartit avec sa femme et ses enfants. Antonia entendit des rires. Étrangement, alors qu'elle se plaignait de manquer de sujets intéressants, elle n'avait pas pris d'autres photos. Elle savait qu'elle avait eu raison : l'humiliation d'un homme qui prend une raclée devant ses enfants, sa terreur et sa faiblesse et, plus encore, le sordide frisson de jouissance collective qui avait parcouru les spectateurs, tout cela devait disparaître à jamais dans les abîmes du passé. Antonia n'avait pas encore croisé le regard de la Gorgone mais, pour la première fois, elle avait senti sa présence et entendu siffler les serpents de sa chevelure. Elle avait la bouche sèche et un peu la nausée, elle avait vaguement honte et elle était aussi incroyablement excitée par ce dont elle venait d'être témoin, cet accès de violence pure, si disproportionné qu'il en devenait totalement gratuit, elle en avait aimé la proximité, elle en comprenait le sens, et quand Pascal B. sortit du bar où il avait vainement tenté de nettoyer les taches de café à l'aide d'un chiffon humide, elle le trouva encore plus séduisant. Dans la voiture, sur le chemin du retour, les garçons le congratulaient et lui mettaient de grandes tapes sur l'épaule. Il fixait la route en conduisant, sans rien répondre, sans sourire. Quand il la déposa devant chez elle, Antonia eut envie de faire son portrait, en gros plan, au volant de sa voiture mais elle n'osa pas lui demander de poser pour elle. Elle envoya la photo dont elle était si contente à son parrain, au séminaire, pour qu'il pût se réjouir de ses progrès. Dans la lettre qui accompagnait son envoi, elle ne parla ni de l'incident ni de la troublante ambivalence des sentiments qui s'étaient agités dans son âme. Elle continua de lui envoyer les photos, de plus en plus nombreuses, qu'elle jugeait réussies. En février 1981, elle lui offrit un grand tirage encadré de celle qu'elle avait prise pendant son ordination alors qu'il était étendu à plat ventre, éperdu de joie et d'émotion, le cœur battant sur le dallage glacé de la cathédrale d'Ajaccio.

Maintenant, le glas vient de sonner pour la première fois et, la chasuble et l'étole violettes sur les épaules, il attend l'arrivée du cercueil en s'efforçant en vain de prier devant la statue de Notre-Dame du Rosaire. Il sait bien que l'expérience de la solitude atroce et de l'abandon est inhérente à celle de la foi mais, en ce moment précis, les forces lui manquent pour le supporter. Il a encore peur d'être incapable de célébrer l'office des défunts. Quand sa sœur le lui a demandé ou, plutôt, l'a exigé de lui, par téléphone, deux jours plus tôt, juste après lui avoir annoncé la mort d'Antonia, il a d'abord refusé avec indignation, comment peux-tu ? Tu vois bien que ce n'est pas ma place, ma place est à vos côtés, mais elle refusait de l'entendre et il avait beau répéter bêtement, inutilement, ce n'est pas ma place, écoute-moi, elle lui coupait la parole, elle disait, non, c'est toi qui m'écoutes, si tu refuses de le faire, ils vont nous envoyer un franciscain, flamand, mexicain, laotien ou je ne sais quoi, peu importe, de toute façon, personne ne comprend un mot de ce qu'ils disent, ils font rire tout le monde, même pendant les enterrements, on entend des fous rires, des ricanements, ils ne s'en rendent même pas compte, ils sont sourds, et gâteux, ils sont tous gâteux, ils se trompent de prénom, tu imagines ? ils ne sont pas fichus de lire correctement la plaque sur le cercueil, le mois dernier, à l'enterrement du vieux Jean-Charles P., le prêtre l'a appelé Jean-Simon pendant toute la messe, personne n'a rien osé lui dire, une honte ! et en plus, ils en font des tonnes, ils pourraient s'en tenir au minimum, dire la messe, bénir le corps et rentrer dans leur couvent mais non ! bien sûr que non ! ils se lancent dans des homélies interminables, tu n'as pas idée, ça n'en finit pas, et, bien entendu, personne ne comprend rien, comment peuvent-ils s'imaginer une seconde qu'ils savent parler français ? ça dépasse mon entendement ! et tant mieux que personne ne comprenne rien, ils ne nous connaissent pas, ils ne savent rien de nous, ils doivent raconter n'importe quoi, enchaîner les lieux communs, les mensonges et moi, je ne veux pas qu'un Belge sénile qui ne connaît pas ma fille nous parle d'elle et fasse rire tout le monde en l'appelant Jeannine ou Roberte ou Dieu sait comment, je ne veux pas qu'il nous couvre de ridicule, qu'il salisse sa mémoire, même avec les meilleures intentions du monde, et toi non plus, tu ne veux pas ça, tu ne peux pas vouloir ça. C'est à toi de le faire, c'est tout. Ne me dis pas que ce n'est pas ta place. Où donc pourrait être ta place ? Elle avait raison, bien sûr, les franciscains étaient bel et bien étrangers ou gâteux ou les deux à la fois et ils s'exprimaient dans un sabir dont les sonorités réjouissantes ne pouvaient que mettre gravement en péril la solennité de n'importe quelle cérémonie, *a fortiori* celle des obsèques. Il lui a donc dit : tu as raison et il a capitulé. Aurait-elle eu tort que la capitulation n'en demeurait pas moins la seule issue concevable ; car sa sœur s'exprimait avec une implacable pugnacité, sur un ton qui n'admettait aucune espèce de contradiction, alors qu'elle n'avait pas dormi depuis trente-six heures et que, la veille encore, sans nouvelles d'Antonia qui n'était pas rentrée de Calvi et ne répondait pas au téléphone, elle ne pouvait pas finir une phrase sans fondre en larmes, répétant d'une voix brisée qu'il était arrivé un malheur, elle en était certaine, et elle l'exaspérait, il ne parvenait même pas à s'inquiéter, à imaginer une seule seconde que ce pût être vrai mais c'était vrai, et maintenant qu'était arrivé ce malheur, elle ne pleurait plus. Tout l'avenir, d'un seul coup, se résumait à l'organisation des funérailles. Il lui fallait seulement faire son devoir et enterrer dignement sa fille et elle se consacrait si complètement à cette tâche unique, éliminant l'un après l'autre tous les obstacles, à commencer par la mauvaise volonté de son propre frère, qui pourraient l'empêcher de la mener à bien, qu'il ne restait plus de place en elle pour le chagrin. Pauvre subterfuge, pensait-il. Ma pauvre sœur. Il avait infiniment pitié d'elle mais il ne pouvait s'empêcher de reconnaître en cette pitié suspecte le misérable expédient qu'il employait pour échapper lui aussi à son chagrin.

Le lendemain, il quittait sa paroisse et arrivait à Ajaccio. Son neveu Marc-Aurèle l'attendait à l'aéroport. Ils se sont embrassés et Marc-Aurèle lui a dit, c'est bien que ce soit toi qui dises la messe, elle aurait été contente que ce soit toi et il s'est mis à pleurer sur son épaule comme un petit enfant. La chaleur était épouvantable. Il sentait le souffle de son neveu dans son cou, la sueur et les larmes brûlantes, et il s'est dégagé aussi délicatement que possible. Allons-y, maintenant. Ils ont roulé sous le ciel blanc. Marc-Aurèle a d'abord conduit en silence. De temps en temps, il reniflait et s'essuyait le nez du dos de la main, la morve laissant des traces luisantes sur la manche de son costume noir, et puis il s'est mis à parler. Il se perdait en conjectures totalement dénuées de sens, ah ! si seulement elle n'était pas montée à Calvi, il s'indignait parce que la famille de la mariée de Balagne avait appelé à la maison, présenté de rapides condoléances et demandé s'il serait quand même possible que les photos leur soient envoyées, tu te rends compte ? et il disait en pleurnichant, elle aimait tellement la photographie ! Le prêtre fermait les yeux. Il respirait le parfum du maquis par la vitre ouverte et s'astreignait au silence. Il n'a pas demandé à Marc-Aurèle : comment est-il possible que tu ignores aussi complètement qui était ta sœur ? Puis Marc-Aurèle a suggéré qu'on pourrait poser l'appareil photo d'Antonia près du cercueil, pendant la messe, avec un portrait d'elle, en souvenir de ce qu'elle aimait, qu'est-ce que tu en penses, ce serait bien, non ?

Il s'est tourné brusquement vers son neveu. Il a presque crié : non ! Non, il n'en est pas question.

C'était étrange, tout de même, ce goût infaillible que Marc-Aurèle avait toujours eu, depuis l'enfance, pour les idées les plus stupides et les plus communes. Quand d'aventure elles étaient tout à fait grotesques, comme celle qu'il venait d'exposer ingénument, son enthousiasme ne connaissait plus de bornes. Si on le laissait faire, il projetterait un diaporama pendant la messe, peut-être même voudrait-il lire un poème, évidemment composé par ses soins, et il sangloterait à coup sûr en le lisant. En un sens, il était bien plus dangereux qu'une horde entière de franciscains séniles et prolixes. Mais sa peine était immense et elle méritait une autre réponse qu'un refus brutal. Marc-Aurèle, mon garçon, a repris le prêtre d'une voix qui s'efforçait à la compassion, demain, il ne s'agira pas d'évoquer la vie de ta sœur, ce qu'elle aimait ou ce qu'elle n'aimait pas. Il ne s'agira même pas de montrer combien nous sommes tristes. Demain, nous remettons ta sœur à Dieu et nous prions pour qu'Il la reçoive. Ça n'a rien à voir avec les appareils photos et les portraits, ça n'a rien à voir avec nos souvenirs intimes. Tu comprends ? Et Marc-Aurèle a acquiescé en silence, non qu'il eût compris quoi que ce soit, mais seulement par docilité, une docilité que le prêtre ne pouvait s'empêcher de trouver méprisable. S'il fallait absolument que Dieu rappelle à Lui l'un de ses neveux, pourquoi n'avoir pas choisi celui-ci ? Il s'est reproché l'horrible sincérité de cette pensée qu'il ne pouvait chasser de son esprit. Il était injuste et cruel, sans amour véritable. Le peu d'amour dont il était capable se déversait tout entier sur la jeune femme qu'il devait maintenant porter en terre. Le surplus ne pouvait provenir que d'une source surnaturelle qui s'était momentanément tarie. Sa lèvre a tremblé et il a retenu les larmes qui lui montaient aux yeux. Il a posé la main sur l'épaule de son neveu.

Au village, ils se sont frayé un chemin au milieu de la foule assemblée au soleil devant la maison. À leur passage, les discussions enjouées cessaient un instant, des mains se tendaient vers eux, les agrippaient, ils avançaient péniblement, d'étreinte en étreinte, Marc-Aurèle s'est remis à pleurer sur une épaule inconnue et le prêtre a continué d'avancer seul dans la fournaise, aveuglé par la sueur qui ruisselait sur son front, tandis qu'on l'interpellait de toute part, par son prénom ou en criant "mon père !", il n'avait pas le temps de reconnaître ceux qui le serraient dans leurs bras et ne le libéraient qu'après avoir déposé sur ses joues des baisers brûlants, et il finit par franchir le seuil de la maison à l'intérieur de laquelle les conversations se poursuivaient dans la cuisine et la salle à manger, à voix basse, autour des cafetières fumantes, des bouteilles d'eau déjà tiède et des gâteaux, et la pénombre ne dispensait aucune fraîcheur, des grains de poussière s'agitaient dans les raies horizontales de la lumière d'été filtrée par les persiennes, sur le mur de crépi blanc, un thermomètre en forme de Corse indiquait trente-huit degrés, et il est arrivé dans la chambre où reposait Antonia, dans un silence presque parfait que troublait seulement le bourdonnement des mouches. Régulièrement, des gens entraient d'un pas lent et craintif, comme s'ils avaient peur de réveiller un enfant, ils se signaient au-dessus du corps, se recueillaient un instant et ressortaient avec les mêmes précautions. Près du lit étaient assis son beau-frère et sa sœur, qui accueillaient chacun d'un signe de tête. Il est allé les embrasser. Ils ne se sont rien dit. Il a regardé Antonia. Elle avait les mains jointes sur le drap blanc et, à l'œil gauche, un hématome qu'un maquillage maladroit rendait plus hideux encore. On lui avait posé un mouchoir sur la bouche et le menton. Peut-être avait-elle eu la mâchoire brisée dans l'accident. Peut-être les employés des pompes funèbres avaient-ils dû la lui briser eux-mêmes parce que la rigidité cadavérique les empêchait de lui fermer la bouche. L'odeur de la décomposition était nettement perceptible. Antonia était restée plus de trente heures dans sa voiture, en plein épisode de canicule, avant qu'on la retrouve et l'art de l'embaumement avait ses limites, surtout lorsqu'il était pratiqué par un personnel manifestement incompétent. Sans doute aurait-il fallu ne pas l'exposer dans cet état. Sa sœur n'avait été guidée par aucune considération de bienséance et il lui donnait raison. Il ne fallait pas fuir le spectacle de la mort. Il ne fallait pas l'embellir. Même meurtri et corrompu, même déserté par l'âme et figé dans une lourde inertie de chose, le corps demeurait sacré – et peut-être d'autant plus. Il l'a bénie, a baisé son front et s'est agenouillé près du lit pour prier et il l'a veillée en priant une bonne partie de la nuit. Il s'est assoupi. Il s'est réveillé à l'aube. La levée du corps était prévue pour quinze heures. Mais il n'était plus possible de retarder la mise en bière.

Mon père, dit une voix hésitante.

Le glas a sonné pour la deuxième fois. Il ne prie pas. Il n'entend pas. Il pose toujours sur Notre-Dame du Rosaire un regard hébété. C'est une Vierge de bois polychrome que des vagues miraculeuses déposèrent un jour sur la plage. Elle porte dans ses bras l'enfant nu dont la mer et les siècles ont érodé les contours et, sur son manteau d'ocre et de pourpre délavés, là où devraient luire en majesté toutes les étoiles de la voûte céleste, il ne reste que des trous. Au bout de ses doigts est suspendu un chapelet. Elle est laide et sans grâce. Elle l'a toujours été. Il la connaît depuis l'enfance. Quand il était le prêtre du village, avant de rejoindre une paroisse du continent, il s'est souvent tenu ainsi debout devant elle mais, aujourd'hui, aucune présence aimante ne lui insuffle plus grâce et beauté et il est incapable de voir en elle autre chose qu'une idole aveugle.

Mon père ?

Il se retourne. Devant lui se tiennent quatre jeunes hommes en pantalon noir et chemise blanche. Il s'efforce de leur sourire.

Mon père, nous venons pour chanter la messe. C'est Marc-Aurèle qui nous a demandé de venir, il a dû vous en parler.

Il se résigne à n'avoir finalement pas pu empêcher son neveu de prendre une initiative sans doute catastrophique. Il se console en pensant que ces garçons pouvaient difficilement faire pire que la chorale du village. Enfin si, bien sûr, ça pouvait toujours être pire mais c'était cependant une éventualité excessivement improbable.

Vous chantez en polyphonie, je suppose ?

Ils acquiescent.

Vous avez besoin que je vous fasse signe au moment où vous devrez chanter ?

Non, mon père. Nous connaissons la liturgie. Nous chantons beaucoup de messes.

Alors, c'est parfait.

Mais nous voulions vous demander, vous souhaitez que nous chantions tout, le *Dies iræ*, le *Libera me*, parce que certains prêtres ne…

Tout, dit-il en coupant la parole à son interlocuteur. Chantez tout ce que vous pouvez. Et tous les couplets du *Dies iræ*.

Un des chanteurs demande timidement :

Vous n'avez pas peur que ce soit un peu long ?

Il lui sourit amèrement et répond :

Un peu long ? Long pour qui ?

Il leur fait signe d'aller s'installer près de l'autel. Il sort sur le parvis de l'église. Une brume de chaleur flotte au-dessus de la mer à l'horizon. Il y a déjà beaucoup de monde. Quelques hommes esquissent un geste dans sa direction pour lui présenter à nouveau leurs condoléances mais ils se ravisent et reprennent leur conversation. Désormais et pour le temps que durera la cérémonie, il n'est plus l'oncle de la morte mais seulement un prêtre. Il reconnaît Simon T., assis tout seul sur un mur, les yeux rougis. Avant d'être appelé au sacerdoce, il vivait en concubinage avec la mère de Simon, Damienne T., une veuve de dix ans son aînée. Il lui était particulièrement douloureux de penser que le premier effet de sa vocation avait été d'infliger la blessure d'un abandon définitif à cette femme qu'il avait déjà tant fait souffrir en l'aimant si mal et si peu, comme si la grâce ne pouvait être obtenue qu'au prix exorbitant d'un péché indélébile. Il s'approche de Simon qui se lève et le prend dans ses bras. Le glas sonne pour la troisième fois. Le corbillard se gare devant l'église. Quatre hommes en sortent le cercueil et le hissent sur leurs épaules. Le prêtre les précède sur le chemin de l'autel.

Quand les chanteurs entonnent le *Requiem*, ses doutes disparaissent d'un seul coup. Ils chantent parfaitement, sans hurler, avec la piété qui convient, et leur voix est tout aussi bien celle de l'assemblée, celle d'Antonia, celle du Christ espérant encore que le calice amer serait éloigné de ses lèvres, la voix de la faiblesse et de l'espoir et, dans sa chapelle, la Vierge du Rosaire semble redevenue vivante. Elle est sans doute l'œuvre d'un médiocre artiste de Lucques ou de Livourne, un charlatan sans talent qui dut renoncer à la sculpture pour se lancer dans la fabrication de reliques lucratives – échardes transformées en fragments de la vraie Croix, images de la sainte Face peintes sur l'étoffe grisâtre de linceuls soigneusement élimés, minuscules éclats de rotule ou de fémur enchâssés d'or, taillés dans des ossements de mouton – et qui jeta la statue à la mer dans un accès de désespoir lucide sans penser qu'elle pût faire un jour l'objet d'une quelconque vénération. Mais quand les pêcheurs de Campomoro la découvrirent échouée sur la plage, le chapelet à la main, ils ne parvinrent pas, dit-on, à la soulever. La nouvelle du prodige se répandit. Les hommes descendirent des montagnes alentour mais, malgré la ferveur de leurs prières votives, aucun d'eux ne put déplacer la Vierge qui leur opposait obstinément l'énormité miraculeuse de son poids. Elle ne consentit à se faire légère que pour deux vieillards du village qui la placèrent dans la chapelle où, de toute éternité, se trouvait sa place. Tous se réjouirent de ce pauvre signe d'élection, le seul, il est vrai, qui leur eût jamais été adressé. Le prêtre, bien sûr, n'a jamais cru à la réalité de ce miracle enfantin. Au fil du temps, la candeur des hommes a sans doute transfiguré le hasard qui a conduit la statue ici en décret de la providence. Sans doute ont-ils aussi saisi l'occasion qui leur était offerte de satisfaire leur antique tendance à l'idolâtrie. Peu importe, au fond. Il n'est rien de si humble, il le sait bien, qui ne puisse accueillir et manifester la présence divine – et c'est cela, le miracle, si bien qu'en cet instant, alors que les chanteurs entonnent le psaume *Te decet hymnus*, lui-même pourrait presque sentir frissonner le bois peint.

Kyrie eleison

3

(Femme fuyant l'incendie, Alta Rocca, 1983)

Le 6 janvier 1980, le journal télévisé régional annonça que des militants autonomistes avaient capturé à Bastelica trois hommes armés qu'ils soupçonnaient d'être des barbouzes chargées d'assassiner l'un d'entre eux. Ils voulurent organiser une conférence de presse avant de remettre leurs prisonniers à la justice. On leur envoya donc des blindés et des CRS qui encerclèrent le village. Dans le reportage, on voyait des hommes casqués en uniforme bleu déployés sur la route humide. Pascal B. était en train de dîner en famille. En entendant les informations, il se leva de table, embrassa ses parents, prit son fusil de chasse et deux boîtes de cartouches et monta dans sa voiture. Antonia ne sut jamais exactement où ni comment il rejoignit le groupe qui, dans la nuit, avait réussi à passer les barrages et se dirigeait vers Ajaccio avec ses trois otages. À trois heures du matin, ils se barricadèrent dans un hôtel de la rue Fesch dont ils retinrent les clients. Ils y restèrent quarante-huit heures au cours desquelles une atmosphère de guerre civile régna sur Ajaccio en état de siège. Un CRS fut tué et d'autres blessés par un tireur qui ne fut jamais retrouvé. Les policiers paniqués tuèrent à leur tour une femme et un jeune homme auxquels on pouvait seulement reprocher d'être passés en voiture au mauvais moment. Le journal télévisé ne montra pas les corps mais seulement les impacts de balles sur les pare-brise. Le groupe accepta finalement de se rendre pour peu que ce soit à la gendarmerie et non à la police. Le commandant Christian P. leur accorda de parcourir librement le chemin qui menait de l'hôtel au commissariat en portant à l'épaule leurs armes déchargées et Antonia pleurait devant sa télé en les regardant avancer lentement dans la nuit. Pascal B. fut déféré avec ses camarades devant la Cour de sûreté de l'État et placé en détention à la prison de la Santé. Elle lui écrivait presque tous les jours. Elle prenait des photos pour lui, les amis qui attendaient son retour, les ruelles désertes, l'arrivée du printemps, et elle les lui envoyait. Il lui demanda de ne pas s'alarmer s'il ne répondait pas souvent, il n'aimait pas écrire, et la monotonie de la vie carcérale était telle qu'il n'aurait pas eu grand-chose à lui raconter mais il guettait l'arrivée de ses lettres et de ses photos et il lui disait qu'il ne regrettait rien mais qu'il était impatient de la revoir et de revoir aussi tout ce qui, grâce à elle, existait encore au moins sous forme d'images qu'il accrochait aux murs de sa cellule. Il fut libéré à la fin de l'été. On organisa une fête en son honneur dans la cour de l'école. Tout le monde se pressait autour de lui et l'embrassait. Simon T. ne le quittait pas d'une semelle, il posait sur lui le regard fervent qu'on réserve aux demi-dieux et il devenait tout rouge à chaque fois que son héros le gratifiait d'un sourire accompagné d'une petite tape amicale sur la nuque. Pascal B. n'accorda qu'une attention distraite à Antonia et elle en fut si peinée qu'elle n'eut pas le cœur à prendre des photos de la fête. Mais à la fin de la soirée, alors qu'elle s'apprêtait tristement à rentrer chez elle, il l'entraîna à l'écart et la prit dans ses bras en lui disant merci. Je n'oublierai jamais ce que tu as fait pour moi. Il lui caressa les cheveux et déposa sur ses lèvres un unique et chaste baiser. Il lui dit, rentre, maintenant. Je t'attendrai. Il attendit, en effet. Il attendit deux ans. Un soir de juillet 1982, il fit monter Antonia dans sa voiture et l'emmena hors du village. Il alla se garer sur un chemin de terre, à l'écart de la route. Il l'embrassa bien moins chastement que la première fois, se mit à respirer lourdement et la pénétra sur la banquette arrière après lui avoir uniquement retiré les vêtements qui pouvaient faire obstacle à son entreprise. Quand ce fut terminé, il remonta son pantalon et sortit fumer une cigarette qui rougeoyait dans la nuit. Antonia utilisa son t-shirt pour essuyer le sperme répandu sur son ventre et tâtonna dans l'obscurité à la recherche de sa culotte qu'elle récupéra finalement sous le siège du passager. Elle sortit rejoindre Pascal B. et l'enlaça tendrement, par-derrière, la joue appuyée contre ses épaules. Il se retourna et la serra contre lui en la couvrant de baisers. Il n'y avait eu ni beaucoup de douleur ni beaucoup de plaisir et pas du tout de sang. Les choses ne ressemblaient pas vraiment à ce qu'elle avait imaginé depuis si longtemps mais ce n'était pas grave. Elle vivait une aventure merveilleuse et se sentait pleine d'amour et de gratitude. À compter de cette nuit et toutes les nuits où il ne disparaissait pas mystérieusement, à la même heure, il emmenait Antonia au même endroit. Elle discutait avec Madeleine et

Lætitia, assise à la terrasse du bar du village, Pascal B. buvait au comptoir avec ses amis, et puis il sortait et lui faisait signe et elle le suivait. Il ne parlait pas en conduisant, il fixait la route avec un air grave. Dès qu'il s'était garé sur le chemin de terre, il l'embrassait avec fougue après quoi, dès qu'Antonia eut acquis suffisamment d'expérience et de hardiesse pour que le rituel de leur relation fût définitivement fixé, il se laissait aller en arrière sur le siège, le regard perdu dans le vague, et elle se penchait sur lui pour dégrafer son pantalon, elle le suçait en faisant le dos rond pour que le levier de vitesse ne lui meurtrisse pas trop la poitrine, mais il ne la laissait jamais faire très longtemps et il la relevait et elle savait alors qu'il fallait passer sur la banquette arrière. Deux ou trois fois, pendant le mois d'août, il la baisa sur le capot de la voiture et elle put regarder les étoiles. Quand ils revenaient au bar, Jean-Joseph C. partait avec Madeleine et, à leur retour, c'est Xavier S. qui prenait la direction du chemin de terre en compagnie de Lætitia. Tout s'était passé comme prévu. Elles étaient en couple avec des garçons qu'elles connaissaient et admiraient depuis l'enfance et qui les avaient regardées grandir en sachant qu'elles leur appartenaient déjà, que tout n'était qu'une question de temps. Elles étaient désormais leurs femmes et c'est ainsi que tout le monde les appelait, personne n'employait le terme de "petite copine", à juste titre, d'ailleurs, car elles étaient bel et bien devenues de petites épouses de seize ou dix-sept ans, prématurément vieillies, prises dans les liens d'une union aussi rigide, empesée et monotone que le moins fantaisiste des mariages. Antonia était donc "la femme de

Pascal B." et cette nouvelle fonction qui la définissait tout entière déterminait aussi la nature de ses rapports avec les gens, à commencer par Pascal B. lui-même qui la traitait avec une dévotion et un respect excessifs jusqu'à la pudibonderie, laquelle excluait par principe les manifestations publiques d'affection et, en privé, les débordements erratiques de la passion, au point que sa façon de s'accoupler avec elle n'était au fond qu'un signe supplémentaire de respect et de pudibonderie, comme si toute innovation, fût-elle minime, toute manifestation spontanée de son désir ne pouvait être qu'insultante et sacrilège. Il aurait jugé obscène qu'Antonia se comporte en amante plus enthousiaste, ce qu'il s'évertuait à rendre inconcevable, et l'idée que le respect et la pudibonderie pussent précisément porter l'obscénité à son comble ne lui traversa jamais l'esprit.

Le parrain d'Antonia venait de prendre en charge plusieurs paroisses dont, comme il se l'était promis, celle du village, et la vie amoureuse de sa filleule, même s'il en ignorait les détails charnels, le contrariait au plus haut point. Il n'avait rien contre Pascal B., et sa mort, en 1999, le peina sincèrement comme l'avait peiné la mort prématurée de trop de jeunes gens qu'il connaissait et dont il avait béni les dépouilles, la main ployant sous le poids de plus en plus accablant de l'encensoir, non, il n'avait rien contre Pascal B. mais il ne pouvait admettre que le destin d'Antonia fût déjà si tristement tracé, et il avait infiniment pitié d'elle parce qu'il savait que l'amour d'un homme comme Pascal B., cet amour tout à la fois sincère, maladroit et condescendant, devait se révéler immanquablement toxique et qu'elle ne le savait pas. Il souhaitait qu'elle en prenne conscience le plus vite possible, avant de s'être flétrie tout à fait, quand ne lui resterait plus que la ressource amère des regrets. Il ne se permettait aucune remarque moralisatrice, il priait pour elle, il priait pour que Dieu la prenne à son tour en pitié et la libère et, devant le cercueil, c'est pour cela qu'il prie une fois de plus en écoutant la mélodie d'un *Kyrie eleison* inconnu. Le chant commence dans un souffle presque imperceptible, les voix semblant lutter contre l'angoisse et la peur qui les étouffent pour se faire entendre et s'arracher à la terre et elles semblent enfin y parvenir, après le crescendo des trois premiers *Kyrie*, l'appel du *Christe eleison* emplit toute l'église dans une harmonie si parfaite que le prêtre en a le cœur brisé. Mais à partir du second *Christe*, un contre-chant introduit l'altération d'une septième diminuée, très doucement, d'abord, puis de plus en plus fort. Marc-Aurèle a cessé de pleurer et fixe les chanteurs d'un air effaré. Le prêtre ferme les yeux. Il n'a pas envie de voir le visage de son neveu. Il aurait dû choisir de dire la messe en tournant le dos à l'assemblée, ainsi que le prévoit la forme extraordinaire du rite romain, pour se tenir debout, face au grand crucifix, et il aurait simplement écouté le chant, la prière parfaite, préservée de l'égoïsme si profondément enraciné dans le cœur des hommes qu'il pourrit leurs élans vers le Seigneur quand ils s'adressent à Lui dans leurs propres mots comme à un despote cruel et capricieux qui se laisserait parfois amadouer par leurs simagrées, leurs marchandages serviles, l'abjecte comédie de leur repentir, leur scrupuleuse superstition, tout ce qui les rend, au fond, si détestables et si dignes de pitié alors qu'ils lèvent des yeux craintifs vers le ciel en espérant que Dieu fasse descendre sur eux la manne arbitraire de Ses bienfaits et les préserve des fléaux innombrables, les fleuves de sang, les moustiques et les taons, la grêle, les pluies de grenouilles et de sauterelles, la pluie de cendres qui tomba sur le village dès l'aube et pendant toute une matinée de septembre 1983.

Quand Antonia se réveilla, elle vit des formes noires voleter dans le ciel, poussées par un vent brûlant, et tomber vers le sol en suivant des trajectoires erratiques. Elle sortit devant la maison et vit que c'étaient des feuilles calcinées, dont certaines avaient si bien conservé leur forme qu'on distinguait encore le réseau délicat des nervures avant qu'elles tombent en poussière dès qu'on les touchait du doigt. Un incendie énorme s'était déclaré sur l'autre versant de la montagne. Deux villages avaient dû être évacués en catastrophe. Si le vent ne tourne pas, on y est ! disait le père d'Antonia et tout le monde priait pour que le vent tourne et dirige le feu vers des demeures étrangères. Le parrain d'Antonia, dont chacun espérait que son sacerdoce lui vaudrait une écoute attentive de la part du Seigneur, se laissait lui aussi aller à cette prière si peu charitable car, dans sa détresse, le sort de ses autres paroissiens lui était devenu momentanément mais tout à fait indifférent. La pluie de cendres s'intensifiait, il faisait de plus en plus chaud et, vers midi, ils étaient tous rassemblés dans le haut du village et regardaient la montagne. Au-dessus d'eux, les canadairs passaient et repassaient inutilement. Des vieilles se signaient en pleurant. Antonia avait pris son appareil photo. Tu n'as rien d'autre à penser dans un moment pareil ? lui demanda son père hors de lui. Je me demande ce qui me retient de te coller une gifle ! Jamais elle ne l'avait vu dans une telle colère. Pas une seule fois, pendant l'enfance d'Antonia, il n'avait levé la main sur elle et il paraissait peu probable qu'il eût attendu les dix-huit ans de sa fille pour se lancer dans une carrière de père abusif ; elle jugea cependant plus prudent de se tenir à bonne distance. Ne t'inquiète pas, lui dit son parrain. Il ne pense pas ce qu'il dit. Soudain, on entendit un énorme grondement sourd, le feu passa la crête, cinq cents mètres plus haut, et il descendit vers le village. Le crépitement de la combustion était incroyablement fort, on aurait dit le rugissement d'un monstre de l'apocalypse, un monstre au corps de flammes et, pour la première fois de la matinée, Antonia eut peur. Elle colla son œil au viseur et se sentit mieux. Elle entendit des hurlements. Devant elle, une femme se retourna, la bouche tordue par l'épouvante, les bras levés au ciel et se mit à courir. Tout le monde fuyait. Antonia déclencha plusieurs fois. Des hommes pleuraient. Elle entendit qu'on appelait son nom. Elle ne répondit pas et continua à prendre des photos. Pascal B. la saisit par le bras. Qu'est-ce que tu fais ? Il faut que tu partes ! Il faut que tu partes tout de suite ! Tes parents te cherchent ! Elle tenta de protester mais il l'entraîna sans l'écouter, répétant qu'elle était folle jusqu'à ce qu'il l'ait ramenée chez elle. Les hommes valides restaient sur place pour défendre les maisons avec des moyens dérisoires. Elle demanda à rester aussi. Tu vas l'avoir, ta gifle, tu sais ! hurla son père. Et même deux ! On la fit monter dans une voiture avec sa mère et Marc-Aurèle. En s'éloignant du village, elle prit d'autres photos par la vitre ouverte.

Le village ne brûla pas. Il resta debout, face à la mer, adossé au flanc noir de la montagne que les ronces, le maquis et la mauvaise herbe mirent des mois à reverdir. Les parents d'Antonia refusèrent de regarder les photos qu'elle avait prises pendant l'incendie. Pascal B. y jeta un œil et hocha mollement la tête en signe d'approbation. Seul son parrain s'y intéressa vraiment. Antonia lui montra celle qui lui paraissait la meilleure : on y voyait la moitié du visage de la femme hurlante, son bras tendu, sa main aux doigts écartés et, derrière elle, le mur de feu au-dessus des premières maisons du village. Sur une autre, un homme accroupi pleurait dans ses mains jointes, sous la pluie de cendres. Le parrain d'Antonia lui emprunta les photos et, sans rien lui dire, il les fit passer à l'un de ses amis qui travaillait à l'agence locale du quotidien régional. Fin septembre, le journal consacra un cahier aux incendies de l'été sobrement intitulé "Voyage au bout de l'enfer !". Deux photos d'Antonia y furent publiées. Le rédacteur en chef avait choisi les plus quelconques mais Antonia était si heureuse que rien n'aurait pu la contrarier. Elle courut chez Pascal B. avec le journal. Il n'était pas là. La mère de Pascal lui apprit en reniflant que son fils avait été arrêté à six heures du matin avec Jean-Joseph C. Apparemment, d'autres militants nationalistes avaient été arrêtés un peu partout dans la région. Antonia prit congé, la tête baissée. Elle chercha son parrain. Elle le trouva à l'église. Ils l'ont encore arrêté. Dès qu'elle eut prononcé ces mots, elle s'effondra. Son parrain la prit dans ses bras, elle sanglotait bruyamment et il lui murmurait, ma petite, ma petite, ma toute petite. Elle tremblait, elle était désespérée, elle devait partir à l'université de Nice dans une semaine, comment ferait-elle ? et elle pleurait dans ses bras, devant Notre-Dame du Rosaire, en septembre 1983, là où les cierges brûlent aujourd'hui de part et d'autre de son cercueil, alors que le *Kyrie eleison* s'achève dans le déchirement d'une merveilleuse dissonance, l'accord mineur, la septième diminuée.

Épître : première lettre de saint Paul aux Thessaloniciens

4

(Arabes pendus sur la place du Marché-au-Pain, Tripoli, 1911)

Marc-Aurèle lit d'une voix étonnamment ferme.

Nous ne voulons pas, frères, vous laisser dans l'ignorance au sujet des morts...

Non, nous ne resterons pas dans l'ignorance au sujet des morts. L'histoire de la photographie a commencé par l'inerte, quand le soleil devait achever sa course dans le ciel au-dessus de la propriété de Nicéphore Niépce avant que s'impriment enfin sur une plaque de métal l'étrange image de murs éclairés de tous les côtés à la fois et la silhouette noire d'un arbre fruitier figé dans la lumière. Il était donc inévitable que, surmontant ses premières pudeurs, la photographie passe de l'immobilité des pierres, des fleurs séchées et des boulets de canon à celle, non moins parfaite, des cadavres, les aïeux embaumés, les enfants morts en bas âge, les soldats de l'Union sur le champ de bataille de Gettysburg, les gardes nationaux et les fusillés de la Commune alignés dans des cercueils de planches.

Au moment où Gaston C. quitte Paris pour la Tripolitaine, fin novembre 1911, les appareils modernes permettent depuis longtemps de figer les mouvements de la vie. Un visage net n'est plus nécessairement celui d'un cadavre. Mais ces simples progrès techniques ne peuvent évidemment défaire le lien intime unissant dès l'origine la photographie à la mort.

Dans ses bagages, Gaston C. emporte un appareil photo Kodak, à pellicule, qu'un ami lui a prêté. Ce ne sont cependant pas ses piètres talents de photographe amateur qui lui ont valu d'être choisi par *Le Matin* pour couvrir la guerre grâce à laquelle l'Italie espère devenir à son tour une puissance coloniale. Gaston C. est écrivain et l'on attend de lui qu'il tienne la chronique minutieuse des défaites de l'Empire ottoman dont l'agonie vient de commencer. Fin septembre, les troupes italiennes, composées majoritairement de soldats méridionaux, Sardes, Calabrais ou Siciliens, se sont emparées de Tripoli. L'état-major s'imagine que la population indigène lui sera favorable ou, dans le pire des cas, observera les combats avec indifférence. Mais, en octobre, alors qu'ils combattent les Turcs dans l'oasis de Sciara Sciatt, les soldats du 11e régiment de bersagliers sont pris à revers par des Bédouins qui les taillent en pièces, aussi littéralement que possible : leurs cadavres sont démembrés, les organes génitaux coupés, les yeux crevés. La répression immédiate des Italiens est si sauvage que la presse européenne, grâce au rapport épouvanté de quelques correspondants présents sur place, s'en émeut. Les Italiens sont confrontés à un problème jusqu'alors inédit : celui de leur image. Les massacres et les déportations ont été brutalement arrachés à la sphère de l'intime pour être exposés en pleine lumière. Le combat de la communication doit être mené dans la presse avec l'aide de journalistes compréhensifs qu'on invite à Tripoli. Gaston C. est l'un d'eux. Il en est ravi. Gaston C. aime passionnément l'Italie ou, pour être plus précis, il aime passionnément le décor d'opéra-comique qui, dans son esprit, tient lieu d'Italie. Et, depuis toujours, il rêve de voir l'Orient c'est-à-dire, là encore, le harem alangui où déambulent les courtisanes et les dromadaires à l'ombre des grands dattiers qui, dans son esprit, tient lieu d'Orient.

Le petit Kodak dans ses bagages, le cœur joyeux et exalté, Gaston C. vole au-devant de son propre désir. Il n'est pas déçu et il ne saurait l'être, car la force de ce désir est telle qu'il ne voit d'abord rien de ce qui s'offre à son regard. Les Italiens sont tous charmeurs, volubiles, flegmatiques et légers, y compris les gendarmes, qu'il juge irrésistiblement comiques. Le bleu incomparable du ciel et de la mer suscite des transports extatiques. Chaque fleur, chaque fruit, semble avoir poussé dans l'innocence d'un jardin d'Éden, les parfums l'enivrent et le mois de novembre ressemble à l'été.

Il promet à sa femme de lui faire un jour découvrir toutes ces merveilles.

À Messine, à Syracuse, la féerie continue malgré les rafales de vent. Sur le bateau, écrit-il fièrement à sa femme, il fait partie des rares passagers auxquels le mal de mer n'interdit pas la fréquentation du restaurant qui sert pourtant une pitance exécrable arrosée de vins qui le sont encore davantage. Une épidémie de choléra l'empêche de débarquer à Malte. Le choléra l'attend aussi à Tripoli, il le sait, mais les autorités italiennes ont fait promettre à tous les journalistes qui se rendent en Libye de ne pas en faire mention dans leurs articles s'ils ne veulent pas être expulsés sur-le-champ. Gaston C. se plie en rechignant aux exigences d'une censure qu'il juge inique.

Mais il veut voir l'Afrique.

Il en aperçoit la côte le matin du 28 novembre ; les palmiers, les montagnes, le désert, tout est là et il ne peut croire que le soleil radieux brille au-dessus d'un pays en guerre. En compagnie des autres journalistes accrédités, il est reçu par un officier italien d'une extrême amabilité qui leur dresse un tableau optimiste de la situation du front et leur offre des dattes fraîches. Gaston C. se promène dans Tripoli, il photographie des artisans, des femmes voilées de blanc, des enfants stupéfaits, jouant dans la poussière, et, pour la première fois, il entend le muezzin appeler à la prière.

Il visite les tranchées italiennes sous le feu de l'artillerie turque. Dans son premier article, il s'émerveille du sobre courage des *petits soldats.* Il les prend en photo, accroupis et en rang derrière leur sous-officier, baïonnette au canon, comme s'ils allaient monter à l'assaut. Ils ne montent pas à l'assaut mais l'étoffe sombre des uniformes contraste merveilleusement avec la blancheur du sable. Le lendemain, il se rend dans une zone à peine reprise aux Turcs où l'on a retrouvé les cadavres de vingt-quatre bersagliers du 11e disparus à Sciara Sciatt. Ils ont été faits prisonniers, torturés et tués plus d'un mois auparavant. Gaston C. est bouleversé. Il s'excuse auprès des lecteurs du *Matin* de devoir leur imposer la lecture de telles horreurs mais il faut les informer car, décidément, nous ne devons pas rester dans l'ignorance au sujet des morts. Il décrit les paupières cousues, les nez tranchés. Il prend aussi des photos impossibles à publier, dont on ne comprend ce qu'elles représentent exactement qu'au prix d'un certain effort de concentration. Un soldat, le bas du corps entièrement dénudé, une jambe repliée dans un angle impossible, gît au flanc de la dune. Mais l'objectif a gommé les perspectives et on a l'impression qu'un démon facétieux l'a saisi par le talon et le tient, tête-bêche, suspendu dans les airs, comme le trophée d'une pêche surréaliste. Une tête émerge du sol, qu'on reconnaît seulement à sa denture. Des tas informes gisent épars sur le sable, dans lesquels on ne peut distinguer les tissus des chairs parcheminées et les ossements des morceaux de bois mort. Gaston C. va respirer l'air du désert. Il confie son appareil à un officier et pose à cheval, seul devant l'horizon, coiffé de son casque colonial. Il s'éloigne des positions italiennes, descend de cheval, s'allonge dans le sable et regarde le ciel africain, *Oh, ce ciel !* écrit-il à sa femme. Quand il s'arrache à ses rêveries orientales, il aperçoit les silhouettes d'Arabes armés qui se dirigent vers lui. Il bondit sur sa selle et part au grand galop se mettre à l'abri. Il raconte à sa femme combien il a eu peur d'être capturé et combien il a aimé cette peur, le cœur battant à tout rompre, le vertige atroce et délicieux, la joie d'être vivant.

Il regarde décoller les avions qui partent infliger à l'infanterie turque le premier bombardement aérien de l'histoire, des grenades lancées sur les tranchées, à la main, depuis l'habitacle. Au retour, l'un des pilotes survole le port en faisant de grands signes, il plonge vers la mer et passe, en rasant les vagues, entre deux navires de guerre. Depuis le pont, les marins l'applaudissent en poussant des cris.

Le 5 décembre, quatorze Arabes soupçonnés d'avoir participé au massacre de Sciara Sciatt sont emmenés à Tripoli, les mains entravées dans le dos, en file indienne, conduits à la longe. Gaston C. photographie leur arrivée au tribunal. Les prisonniers s'assoient sur le sol carrelé, enveloppés dans leurs longs burnous à capuche. Un officier italien lit l'acte d'accusation dans une langue qu'ils ne comprennent pas. Au-dessus de lui, sur le mur, est accroché un grand portrait du roi Victor-Emmanuel. Les insurgés sont tous condamnés à mort par pendaison. L'un d'entre eux à la sortie du tribunal, fixe l'objectif de Gaston C. qui n'oubliera jamais son regard. Dans la nuit, à quatre heures du matin, il assiste à l'exécution, sur la place du Marché-au-Pain où l'échafaud a été dressé. Il en fait un compte rendu d'un irréprochable professionnalisme dans *Le Matin* ; mais, à sa femme, il écrit qu'il n'a pas voulu dormir de peur de faire des rêves terrifiants. Il ne comprend pas l'apparente indifférence avec laquelle les condamnés sont morts, il ne comprend pas non plus l'indifférence de la foule qui s'est massée autour du gibet auquel les quatorze cadavres restent suspendus toute la journée, au soleil, dans l'épais vrombissement des mouches, et il prend en photo tout ce qu'il ne comprend pas, il s'approche des pendus, il fait des gros plans sur leurs visages, il les trouve *très beaux*, il est tout près d'eux, personne ne s'approche aussi près. Il ne détourne pas le regard, il ne s'effraie pas. Il est pétrifié comme par un enchantement. *Et je garde dans la mémoire la face d'un vieillard à barbe blanche et la face d'un adolescent.* En fin d'après-midi, il est encore là quand on vient décrocher les corps pour les entasser sur une charrette, il prend des photos qui ressemblent à des tableaux religieux, des pietà, des descentes de croix, et le voile des musulmanes lui rappelle Marie Madeleine au tombeau, il fait des erreurs de réglages, la vitesse d'obturation est trop basse, malgré le soleil éclatant, les silhouettes sont floues, tronquées, spectrales, un suaire translucide flotte au-dessus du sol, et le 26 décembre, le journal publie quatre de ses photos sous le titre "Ce qu'on voit en Tripolitaine" : les quatorze Arabes dans le clair-obscur du tribunal de guerre, les quatorze Arabes pendus en chapelet, au même gibet, se balançant sous les yeux d'une troupe d'enfants impassibles, et puis leurs corps entassés sur la charrette. Il est impossible de savoir si c'est Gaston C. lui-même qui a choisi les photos et les a disposées en une série dont la logique n'est pas celle de la succession inéluctable des instants dans le temps mais, au contraire, celle de leur simultanéité. En les regardant, qu'il soit ou non responsable de cet agencement, il dut acquérir la certitude que les quatorze accusés étaient déjà morts au moment où il les photographiait dans le tribunal militaire parce qu'ils portaient déjà en eux la misérable fin qui les attendait sur cette potence dont l'ombre énorme obscurcit désormais toute leur vie passée et Gaston C. ne parvient plus à photographier autre chose que la mort.

Il se promène dans Tripoli, il cherche désespérément à retrouver l'Orient qu'il désirait visiter, il croit l'apercevoir dans l'échoppe d'un cordonnier qui lui sourit, il s'approche d'un enfant endormi sous un porche et reste un instant à le contempler en souriant lui aussi. Il le prend en photo. Il s'approche de lui pour le réveiller et lui donner une pièce, il effleure doucement une épaule froide. *Le pauvre enfant était mort !* écrit-il à sa femme. *De faim, de typhus, du choléra ? On ne saura jamais.* Il reste debout dans la rue. Il ne comprend pas. Il se met en colère contre les Italiens qui s'indignent du traitement réservé à leurs morts et laissent les cadavres d'Arabes pourrir dans la rue. *J'en pleure encore*, écrit-il.

Un correspondant du *Temps* se fait attaquer en pleine rue par un Arabe qui le blesse de deux coups de couteau. Il rend compte de l'événement dans un court article. À sa femme, il décrit son confrère comme un matamore et un lâche qui a bien mérité sa mésaventure. Lui, il en est persuadé, personne ne le poignardera parce qu'il sait comment se comporter avec les Arabes, il ne les méprise pas, ne les rudoie pas, il s'imagine que ces subtilités ont de l'importance et il accepte l'invitation nocturne d'un notable de Tripoli, il n'a pas peur ou, s'il a peur, il commence à vraiment aimer ça, le vertige, la sensation de chuter et de se redresser au dernier moment, un serviteur l'attend devant son hôtel, s'incline devant lui, il le suit et, à nouveau, l'Orient est là, le clair de lune au-dessus des minarets, une demeure mauresque, les tapis, la vaisselle précieuse, l'encens, peut-être, et les coffres remplis d'or ou de pierreries parce que l'Islam ne permet pas que l'argent engendre l'argent et les esclaves dévoués à leur maître qui fume sa pipe à eau en disant : *Parmi ceux que les Italiens ont pendus, il y avait des innocents.*

Il rentre à son hôtel sain et sauf, il ne fait pas de cauchemars mais des rêves délicieusement exotiques. Il se réveille. Il ne comprend rien. *Comment peut-on mourir dans un paysage pareil ?* écrit-il encore à sa femme et il n'arrive pas à se former une image cohérente de ce qu'il est en train de vivre, il ne peut réunir la clarté du ciel et les chairs en putréfaction, la sérénité du désert et les massacres, la volupté et la sauvagerie, il n'y arrive pas, il n'y arrivera jamais.

Dans une tranchée, à quelques mètres de lui, un soldat italien frappé d'une balle dans la poitrine chancelle et tombe en gémissant. Il murmure quelques phrases en dialecte, essaye en vain de se redresser et il cesse de lutter. Ses camarades commencent à creuser sa tombe. *Pauvre Paolo !* Ils échangent des propos pleins de sagesse et de nonchalance sur la brièveté bien connue de la vie humaine et les vertus de la résignation. Gaston C. admire leur stoïcisme. Parmi ces courageux *petits soldats* se tient peut-être le caporal Samuele S. qui, dès son retour dans sa région natale d'Ogliastra, en Sardaigne, massacrera toute la famille, y compris les femmes et les enfants au sein, de l'homme qui avait un jour refusé un verre d'eau à son père. Mais l'impassibilité de Samuele S. et des siens face à la mort, il ne la qualifiera jamais d'*indifférence* ou de *fanatisme*. Gaston C. est loin de tout, des Italiens, des Arabes, de lui-même. Mais il s'approche de ce qu'il veut montrer, il se tient au plus près, bien trop près, il en a la nausée, jour après jour, il assiste à de nouvelles arrivées au tribunal de guerre suivies d'autres pendaisons, le même simulacre accompli avec une bonne conscience abjecte sous le portrait du roi, il prend en photo un vieil homme coiffé d'un fez, et puis un autre, plus jeune, vêtu d'une étrange tenue rayée, ils sont vivants tous les deux, debout à l'entrée du tribunal, entre deux gendarmes, mais Gaston C., au moment de déclencher, sait bien que ce n'est pas vrai, ils ne sont pas vivants, ils sont déjà morts et il les voit avec la plus grande précision tels qu'ils seront deux heures plus tard, les mains liées dans le dos, le vieil homme toujours coiffé de son fez rouge, pendus tous les deux sur la place du Marché-au-Pain, devant l'infatigable objectif qui les a suivis jusqu'au bout.

À Paris, désormais, on attend ses photos avec plus d'impatience que ses articles. C'est sans doute pourquoi il persiste à s'infliger le spectacle de ces mises à mort quotidiennes qui engourdissent peu à peu son cœur et son âme et le plongent dans une lassitude à laquelle il craint de ne jamais pouvoir échapper. On verra ses photos et grâce à elles, tout le monde saura ce qui s'est un jour passé ici, le souvenir de ceux qui sont morts en Tripolitaine ne disparaîtra pas dans le néant et personne ne pourra ignorer qu'ils ont vécu. Gaston C. lutte en vain contre le silence et l'oubli. *Je ne veux pas me montrer injuste*, écrit-il à sa femme, *ni envers les Italiens, ni envers quiconque.* Mais il rêve encore de combats, il veut sentir le frisson de la peur plutôt que celui du dégoût. On ne se bat plus. Les Italiens sont terrés dans leurs fortins, après une demi-victoire sans panache et sans gloire. Gaston C. demande à partir pour Benghazi, on le lui refuse, il enrage, il étouffe à Tripoli. Le soir de la Saint-Sylvestre, il erre dans la résidence de l'état-major italien, une coupe de champagne à la main, parmi des officiers en grand uniforme et les civils en frac et chapeaux hauts de forme, il regrette les burnous de baracan blanc, les fez et les voiles. *J'ai vu mourir Tripoli la barbaresque*, écrit-il à sa femme. *Dans un an, il n'y aura plus que des redingotes de serveurs ou d'ordonnateurs de pompes funèbres. La couleur de ce beau pays disparaît.* Pour lui donner raison, au matin du Premier de l'an 1912, la pluie se met à tomber sur une ville toute grise et il éprouve une immense nostalgie de toutes les choses qu'il aurait tant voulu connaître et ne connaîtra pas, parce qu'il est arrivé trop tard ou, plus probablement, parce qu'elles n'ont jamais existé.

Il n'a plus rien à faire en Tripolitaine. Il attend le bateau qui doit le ramener en France en passant par Tunis et Alger. Il photographie le port. De grands échassiers sur la plage. Il écrit à sa femme qu'il a changé, qu'il se sent plus triste et plus solide. *C'est la bataille de la vie qui m'aura fortifié et c'est moi qui te fortifierai.* Il est fier d'avoir refusé de servir totalement la propagande italienne. *Malgré les supplications, je me suis refusé à faire les chroniques qu'on attendait de moi, parce que j'aurais jugé malhonnête de dire ce que je ne pensais pas, et que j'aurais dû me résoudre, si je m'étais décidé à dire ce que je pensais, à quitter ce sol où la moindre dissonance est baptisée "trahison", où on veut, à tout prix, que tout soit bien même si tout est mal, et que tout soit charmant quand presque tout est terrible.* Mais peu lui importe l'ampleur de ses révoltes et de ses compromissions, peu lui importe le contenu de ses articles, les figures de style et les prouesses rhétoriques. Tout cela a été balayé par la puissance brutale des photographies.

Il rejoint sa femme à Marseille. La guerre est derrière lui. Au fur et à mesure que passent les mois, il se rappelle, non le visage des pendus, mais, de plus en plus intensément, l'étrange ivresse du feu. Il fait des rêves dans lesquels il galope en plein désert, les balles des Arabes sifflant à ses oreilles comme des serpents qu'il apprendrait à charmer. Il est déçu de se réveiller dans l'insipide confort de sa chambre. Le monde est redevenu trop étroit. Il pense sans cesse à Tripoli, à la Cyrénaïque qu'on ne l'a pas laissé visiter. Il oublie ses doutes, sa lassitude, son dégoût d'alors. Il est à nouveau saisi par la puissance aveugle du désir. Il voudrait repartir. La Première Guerre mondiale lui en donnera l'occasion. En 1915, il est nommé au service de photographie des Armées sur le front des Balkans.

Des dizaines d'années plus tard, quelqu'un découvrira les photos de Gaston C. entassées pêle-mêle dans un carton. Il verra un inconnu, coiffé d'un énorme casque colonial, immobile sur son cheval, dans l'immensité d'un désert anonyme, il verra des enfants sales jouer dans le sable avec des cailloux, et quatorze pendus photographiés de si près qu'on distingue parfaitement leurs visages mais il ne saura ni où, ni quand, ni pourquoi ils sont morts.

Consolez-vous donc mutuellement par ces paroles.

Séquence : *Dies iræ*

5

(Membres d'un commando du FLNC, commissariat d'Ajaccio, 1984)

Pour la première fois, pendant l'hiver 1987, Antonia arriva sur une scène de crime avant la police. Elle avait travaillé tard au journal avec un de ses collègues et ils avaient décidé d'aller boire un verre dans la vieille ville. Ils venaient de s'installer dans un bar quand ils entendirent les coups de feu et, tout de suite après, une moto qui démarrait. Ils coururent en direction du bruit, dans les ruelles désertes. Ils virent un 4×4 aux vitres brisées. De la portière à moitié ouverte, du côté conducteur, dépassait une jambe. Antonia crut voir le pied trembler légèrement. Le type avait basculé sur le siège passager. Les tueurs lui avaient tiré dessus alors qu'il venait à peine de rentrer dans la voiture ou peut-être avait-il eu le temps d'ouvrir lui-même la portière dans un ultime et dérisoire réflexe de survie. La poitrine était en sang et les impacts de balle avaient rendu le visage méconnaissable. Des traces blanches luisaient sur le cuir sombre. Antonia prit des photos du corps, de la voiture et de la rue sous tous les angles. C'était la première fois qu'elle voyait un cadavre de si près. À la mort de sa grand-mère, elle avait dix ans et ses parents ne lui avaient pas permis de rentrer dans la chambre où reposait la vieille, le visage définitivement figé dans l'expression douloureuse qu'elle avait arborée toute sa vie, sur le lit où Antonia serait exposée à son tour en août 2003. Les policiers débarquèrent quelques minutes plus tard et commencèrent à engueuler copieusement les deux journalistes, les accusant d'avoir salopé la scène de crime et les menaçant de les coller en garde à vue pour leur apprendre à emmerder le monde. Le collègue d'Antonia leur assura qu'ils n'avaient touché à rien et battit prudemment en retraite.

On ne reste pas un peu ? demanda Antonia. On ne cherche pas à savoir qui c'est ?

Je sais qui c'est, répondit son collègue et il lui donna un nom qu'elle ne connaissait pas mais qui devait à coup sûr figurer sur les fichiers du grand banditisme.

Ils rentrèrent au journal. Une heure plus tard, le collègue d'Antonia avait rédigé un article dont les quatre mille signes n'ajoutaient pas la moindre information à celle que donnait le titre : "Un homme abattu à Ajaccio". Sa longue carrière dans la presse régionale lui ayant permis de développer des talents sans aucun doute innés, le journaliste cultivait désormais l'art de parler pour ne rien dire avec une virtuosité qui touchait au génie. Il combinait magistralement lieux communs, clichés, expressions toutes faites et considérations édifiantes de façon à produire sans coup férir et sur n'importe quel sujet des textes rigoureusement vides. L'article commençait ainsi par noter que, *une fois de plus, force est de constater que les tueurs n'auront laissé aucune chance à leur victime.* L'inélégance systématique d'assassins qui privilégiaient manifestement l'efficacité au détriment des règles de la plus élémentaire courtoisie et ne se donnaient de fait jamais la peine d'avertir leur cible de l'imminence de son exécution passait à chaque fois pour un regrettable manque de fair-play, comme si les règlements de compte étaient censés se dérouler à la manière d'une joute médiévale entre gentilshommes. La victime était comme toujours *défavorablement connue des services de police*, lesquels *ne négligeaient pour autant aucune piste.* L'article s'achevait sur une lyrique déploration de la violence suivie de vœux pour le rétablissement d'une paix publique conforme aux *légitimes aspirations de nos concitoyens.*

Antonia alla développer ses photos. Au moment de les prendre, elle n'avait ressenti aucune émotion particulière. Elle savait qu'elle devait se dépêcher avant que la police arrive. Il lui semblait aussi que son collègue la surveillait, non sans une certaine bienveillance, comme si elle passait sous ses yeux une étrange épreuve initiatique qu'il était heureux de la voir réussir. C'était seulement maintenant, sous la lumière rouge du laboratoire, qu'elle voyait ce qu'elle avait photographié. En regardant attentivement le visage fracassé par les balles, la plaie béante à la place de l'œil gauche et les répugnantes traces blanches sur les sièges, elle eut soudain envie de vomir. Mais la nausée disparut très vite. Elle écarta les photos qu'il était impossible d'offrir au regard des abonnés à l'heure du petit-déjeuner et en sélectionna une où l'on voyait seulement le 4×4, des bris de verre et cette jambe incongrue qui dépassait de la portière. Elle avait été nommée à l'agence d'Ajaccio depuis quelques mois seulement et elle préférait nettement s'occuper de règlements de compte plutôt que des fêtes patronales, des mariages et des cérémonies officielles auxquels on l'avait cantonnée jusque-là. Cela valait bien quelques haut-le-cœur à réprimer.

Elle avait commencé à travailler comme photographe dans une petite agence du journal en 1984, alors qu'elle était encore "la femme de Pascal B.", ce qui avait peut-être convaincu ses employeurs de l'embaucher malgré son jeune âge et sa totale inexpérience même si, en vérité, aucune expérience particulière n'était requise pour illustrer les rubriques locales. Il suffisait d'appliquer une règle unique dont Antonia découvrit l'existence à son premier jour de travail : utiliser systématiquement le grand-angle en dépit des conséquences esthétiques fâcheuses qui pouvaient en résulter. Antonia venait de rentrer de Nice où elle avait passé une année parfaitement stérile à l'université. Là-bas aussi, aux yeux de tous, elle était la femme d'un prisonnier politique ; le milieu des étudiants insulaires lui témoignait une déférence pénible tout en surveillant ses moindres faits et gestes si bien qu'elle vivait comme une infante solitaire entourée de chaperons et s'ennuyait atrocement. Elle ne pouvait compter ni sur Madeleine, qui se délectait de tenir, devant un public de connaisseurs, le rôle de l'épouse, éplorée mais courageuse, victime de l'iniquité de l'État, ni sur Lætitia, qui en venait presque à regretter explicitement que Xavier S. ne se soit pas fait coffrer lui aussi, la privant par son insignifiance de la place qu'elle méritait dans cette tragédie. Elles sont devenues complètement idiotes, se plaignait Antonia à son parrain, et elle ajoutait que Nice était une ville horrible où les Corses étaient si nombreux qu'elle n'offrait même pas l'avantage du dépaysement alors, dans ces conditions, ajoutait-elle, autant rentrer à la maison plutôt que de rester ici à écouter de vieux professeurs arrogants tenir des discours assommants sur la Constitution de la Vᵉ République, le droit des sociétés ou la procédure pénale. Il savait qu'il aurait dû la raisonner, lui recommander de faire des efforts ou, au moins, lui conseiller de s'inscrire à Corte, dont l'université avait ouvert ses portes deux ans plus tôt, elle pourrait essayer une filière qui lui conviendrait mieux que le droit, mais il en était incapable, la compassion totalement disproportionnée qu'il ressentait douloureusement pour Antonia l'empêchait de se montrer raisonnable lui-même et il alla trouver son ami journaliste et le supplia d'employer sa filleule comme photographe. Il appela le bar niçois que fréquentait Antonia et où il pourrait toujours laisser un message à son intention si elle était absente mais le patron du bar lui passa sa filleule et, quand il lui annonça la nouvelle, elle poussa un long cri de joie. Je suis si heureuse ! Et maman est d'accord ? Oui, oui, bafouilla-t-il. Après avoir raccroché, il tenta de se convaincre qu'il ne venait pas de proférer un mensonge éhonté car, dans sa précipitation, il n'avait pas pensé du tout à consulter sa sœur. Bien sûr, il n'était pas logiquement impossible qu'elle le félicite d'avoir pris cette brillante initiative et l'approuve avec enthousiasme, auquel cas il ne serait coupable que d'avoir pris un peu d'avance sur la vérité, ce qu'on pouvait tout au plus considérer comme un péché véniel mais, comme il fallait s'y attendre, sa sœur ne l'approuva pas du tout et il s'en fallut même de peu qu'elle encourût la damnation pour avoir porté la main sur un homme d'Église. Il l'adjura de se calmer et de faire bon accueil à Antonia quand elle rentrerait de Nice, elle n'y était pour rien, lui seul était coupable et il manifestait tous les signes extérieurs de la plus parfaite contrition. Pauvre imbécile ! lui dit sa sœur, la merdeuse te mène par le bout du nez depuis toujours et tu ne t'en rends même pas compte ! et il baissait la tête tandis qu'elle agitait un index frémissant d'indignation sous son nez, elle allait le gifler, comme lorsqu'ils étaient enfants et qu'il avait fait une bêtise, et il s'apprêtait déjà à tendre piteusement la joue gauche après avoir été frappé sur la droite quand son beau-frère se porta à son secours en faisant retentir la voix de la sagesse : la plupart des jeunes gens de la région qui étaient partis à la fac ces dernières années ne décrochaient pas le moindre diplôme, ils erraient de première année en première année, ne mettaient pas les pieds en cours, ne se présentaient même pas aux examens et passaient leur temps à faire une bringue effrénée avec l'argent que leur envoyaient leurs malheureux parents ; il n'y avait aucune raison de se lamenter si Antonia pouvait travailler dans un domaine qu'elle aimait plutôt que de s'égarer à son tour sur les chemins de la débauche et de la perdition.

C'est ainsi qu'Antonia, munie d'un appareil professionnel et d'un objectif zoom 16/35, partit vers son premier reportage, un concours de pétanque en triplette dans un village de montagne. Elle devait bien sûr prendre des photos mais aussi recueillir les impressions des organisateurs et des participants et elle s'acquitta de sa tâche aussi sérieusement que si on l'avait envoyée couvrir la conférence de Yalta. Elle immortalisa le tireur de l'équipe victorieuse, en contre-plongée, alors que la boule d'acier s'envolait de sa main pour former une longue courbe scintillante dans le ciel d'été, elle photographia la remise des trophées et s'entretint longuement, pendant l'apéritif de clôture, avec des élus locaux plus ou moins imbibés de pastis. Quand le directeur de l'agence prit connaissance de son travail, il poussa un soupir désolé. Ça n'allait pas du tout. Antonia n'avait manifestement pas compris ce qu'on attendait d'elle et il entreprit de le lui expliquer en l'appelant "ma cocotte" avec une affectueuse condescendance. Une partie de pétanque en milieu rural n'était évidemment pas un événement susceptible d'intéresser quiconque à l'exception notable de ceux qui y avaient participé et qui, eux, s'y intéressaient d'autant plus que c'était une occasion de figurer dans le journal voire de découper l'article pour transmettre à la postérité le souvenir de ce jour exceptionnel. La maladresse d'Antonia et ses prétentions esthétiques les privaient donc d'une joie sur laquelle ils comptaient et il ne faisait pas de doute que, dès le lendemain, ils appelleraient le journal pour faire part de leur déception, ça ne faisait pas un pli, et c'était précisément la raison pour laquelle, en de pareilles circonstances, il fallait prendre une photo de groupe en mettant dans le cadre le plus de gens possible, à commencer par le maire et le conseil municipal au grand complet. À quoi d'autre pouvait donc servir un objectif grand-angle ? Antonia, à laquelle l'aspect rhétorique de la question avait échappé, entreprit de dresser une liste d'usages tout à la fois possibles et honorables que le directeur de l'agence ne lui laissa pas le temps d'achever.

Je ne discute pas avec toi, ma cocotte : je t'explique ton travail. Si tu veux faire dans la créativité, utilise ton temps libre.

Le grand-angle vissé au boîtier, elle réalisait donc à la chaîne d'atroces portraits de groupe à l'occasion de fêtes patronales, d'inaugurations de campings, d'élections de miss, de commémorations diverses, appliquant la consigne directoriale avec un zèle si scrupuleux qu'elle refusait de changer de focale lorsqu'elle devait exceptionnellement photographier en gros plan des individus isolés ou en couple. Sur les photos illustrant des articles intitulés “Ils ont dit oui !” ou “Deux « oui » pour un nom”, les jeunes mariés déformés par le 16 mm arboraient tous le même appendice nasal démesuré tandis que leurs oreilles semblaient s'étirer dangereusement vers la ligne d'horizon, comme si on avait, pour quelque obscure raison perverse, tenté de leur aplatir la tête à l'aide d'un étau. Elle fit part de sa frustration professionnelle à un collègue qu'elle appréciait particulièrement parce que, contrairement aux autres photographes du journal, il ne se sentait pas obligé de porter des gilets sans manches agrémentés d'une quantité invraisemblable de poches inutiles et, négligemment noués autour de leur cou, des chèches couleur sable censés leur donner une allure de baroudeurs. Il avait travaillé pour le journal pendant une trentaine d'années et s'était résigné depuis bien longtemps à ne rien attendre de son métier. Mais tous les week-ends, il sillonnait l'île à la recherche de bergeries abandonnées, il en avait photographié des centaines, les murs de granite, les murs de schiste, les murs de craie recouverts de ronces, les toits effondrés, le long de chemins dont personne ne se rappelait l'existence, il voulait en faire un livre, il cherchait un éditeur, et Antonia ne comprenait pas qu'on pût ainsi s'infliger de longues randonnées en montagne pour photographier des tas de pierres abandonnées dans des lieux sombres et désolés mais quand il lui montra son travail, elle fut frappée par la puissance esthétique émanant de ce minutieux inventaire de la ruine qui ne parlait ni du passé ni de la nature mais seulement de l'inéluctable défaite des hommes. Car elle aussi, pendant son temps libre, comme le lui avait suggéré le directeur de l'agence, elle prenait ses propres photos qui dressaient le tableau de la même défaite. Elle faisait le portrait de ses amis, à l'heure de l'apéritif, au coin de la cheminée du bar, les yeux fixés sur les braises, et le samedi soir, dans une boîte de nuit déserte qui sentait le renfermé et le tabac froid, accoudés au comptoir autour de bouteilles de whisky et de gin sur lesquelles le nom du village était inscrit au feutre noir, en lettres capitales, elle captait leur langueur, le morne déroulement d'existences perdues dans les brumes d'un hiver interminable, elle attendait le moment où ils entraient si profondément en eux-mêmes qu'ils oubliaient complètement sa présence et celle de son appareil, elle devenait invisible et elle partait en chasse dans les rues du village, à la recherche d'humains égarés, une vieille femme appuyée sur une férule, deux chiens à ses côtés, près de la camionnette du boulanger itinérant, un enfant qui s'avançait, un sac poubelle à la main, vers le container en ciment où brûlaient les ordures dans un long panache de fumée noire qui montait par volutes épaisses vers le ciel sans couleur. Aucune des scènes qu'elle fixait sur sa pellicule ne constituait à proprement parler un événement, le directeur de l'agence n'aurait jamais accepté qu'elles figurent dans le journal, mais c'étaient pourtant ces photos, bien plus que celles de joueurs de pétanque ou de responsables d'offices départementaux, qui dévoilaient la réalité de la vie. Cette idée plaisait beaucoup à Antonia qui aimait alors à se représenter sans la moindre modestie comme une vestale entretenant la flamme fragile de la vérité. Mais quand elle regardait ses photos personnelles, elle soupçonnait que tout n'était pas clair dans cette histoire de vérité. Sous son objectif, tous ses amis évoquaient des personnages de tragédie en proie à d'indicibles tourments, ce qui pouvait bien être plus ou moins le cas pour un garçon comme Simon T. mais semblait nettement plus douteux concernant Lætitia O., qui se consacrait à l'oisiveté après avoir abandonné elle aussi ses études à Nice, ou Xavier S., dont la vie intérieure, pour autant qu'Antonia pût en juger, devait être aussi agitée que celle d'une amibe congelée dans la banquise. Car le problème était précisément l'absence totale de tragédie et les photos d'Antonia échouaient à en rendre compte parce qu'elles étaient bien trop lourdes d'une signification qui faisait pourtant défaut. Ses images manquaient d'innocence. Elles ne se contentaient pas d'accueillir la trace candide de l'instant mais s'inscrivaient, sans qu'Antonia comprît pourquoi, dans tout un réseau, bavard et solennel, d'interprétations superflues, peut-être mensongères. Au même moment, en Turquie, des femmes éplorées recherchaient les victimes d'un tremblement de terre, une voiture piégée explosait à Beyrouth, un homme levait le corps d'un enfant vers le ciel et l'inextinguible colère de Dieu, et des photographes étaient là, ils rendaient visibles ce que personne ne voulait voir, ils n'étaient pas stupidement ballottés entre l'insignifiance et le mensonge, ils étaient utiles, courageux et obstinés, et Antonia, pour laquelle Nice, après Ajaccio, représentait alors les confins septentrionaux du monde connu, rêvait de les rejoindre et de lutter avec eux contre le confort de l'ignorance. De temps en temps, les nuits bleues ou les règlements de compte lui donnaient l'occasion d'accomplir un authentique travail de journaliste mais ces événements étaient plutôt rares et elle n'en ramenait que des clichés sans intérêt de résidences secondaires détruites ou de gendarmes penchés sur un corps qu'il était impossible d'approcher.

Son nouveau métier, pour insatisfaisant qu'il fût, lui avait au moins permis de gagner son indépendance bien plus tôt qu'elle ne l'aurait imaginé. Elle avait quitté la chambre de son enfance et le village pour louer un appartement en ville et acheté une voiture d'occasion pour laquelle elle prétendait avoir souscrit un crédit mais que son parrain avait secrètement payée pour elle. Elle avait décoré sa chambre avec soin, elle y faisait brûler des bâtons d'encens et du papier d'Arménie, et elle s'imaginait allongée dans la fraîcheur des draps propres auprès de Pascal B., à sa sortie de prison. Quand Antonia apprit qu'il allait être libéré avec Jean-Joseph C., au mois de mai 1985, elle ne put se retenir de pleurer au beau milieu des locaux de l'agence. Le directeur et tous ses collègues vinrent la serrer dans leurs bras et ses larmes redoublèrent. Elle avait attendu Pascal pendant presque deux ans et alors qu'il devait atterrir à Ajaccio le lendemain au plus tard, il lui semblait qu'elle ne pourrait pas attendre une minute de plus. Mais les heures les plus longues finissent évidemment par passer et elle roulait vers Campo dell'Oro, avec Simon, Madeleine, rentrée précipitamment de Nice, Lætitia et Xavier, jusqu'au hall des arrivées où des militants survoltés agitaient des drapeaux à tête de Maure en chantant et ils crièrent tous ensemble tandis que les portes de l'avion s'ouvraient, Antonia aperçut les silhouettes des passagers s'avancer sur le tarmac, elle essayait de reconnaître Pascal mais elle ne voyait rien, elle était ballottée dans la cohue, et soudain elle le vit, à quelques mètres d'elle, retenu par des bras inconnus et il lui fit un signe de la main et un clin d'œil et elle resta pétrifiée dans le désordre des battements de son cœur jusqu'à ce qu'il vienne enfin vers elle, lui caresse la joue et pose un baiser sur ses paupières. Le soir, ils se retrouvèrent tous dans un restaurant en montagne où l'on devait servir à Pascal B., pour célébrer dignement son retour, les spécialités dont il avait été privé pendant de longs mois. Il était euphorique. Il buvait beaucoup. Avant la fin de l'apéritif, il se pencha à l'oreille d'Antonia. Viens avec moi. Je ne peux plus attendre. Ils quittèrent la salle de restaurant et des regards complices se posèrent sur eux, qui mirent Antonia mal à l'aise. Ils roulèrent à travers une forêt de pins tapissée de hautes fougères ondulant sous la brise de printemps, la lune était pleine, Antonia pensait à son appartement, impeccablement rangé et parfumé, aux draps blancs du lit de ses noces, mais elle ne disait rien, elle ne voulait pas gâcher le premier jour de liberté de Pascal au prétexte que tout ne se passait pas comme elle l'aurait désiré. Viens. Il l'entraîna sur la banquette arrière et l'embrassa avec une fougue déplaisante et sans lui laisser le temps de répondre à son étreinte ou de lui rendre ses caresses, il glissa une main fébrile sous sa robe et enfonça brutalement un doigt dans son sexe. Antonia voulut d'abord le calmer et le libérer de sa maladresse, elle ne lui dit pas qu'il lui faisait mal, elle murmura aussi doucement qu'elle le pouvait, attends, s'il te plaît, attends un peu, mais il secouait la tête convulsivement, il lui léchait l'oreille, la barbouillant de salive, je n'en peux plus, tu ne peux pas savoir, je n'en peux vraiment plus. Sa voix tremblait et Antonia ne savait pas ce qui de cette voix tremblante ou des mots qu'elle prononçait était le plus vulgaire, elle essaya de le repousser sans se départir de sa douceur, en répétant, attends, embrasse-moi, mais il ne l'entendait même plus et il la pénétra en écartant l'élastique de sa culotte. Antonia cessa de lutter. Elle se sentait trahie par la docilité de son corps qui s'offrait mollement, elle s'entendait gémir alors que la vulgarité insigne de cette voix d'homme, pleine d'un désir qui ne la concernait même pas, faisait voler en éclats ses rêves d'encens, de tendresse et de draps blancs et, au bout de quelques instants, Pascal B. jouit en poussant un râle qu'elle aurait préféré ne pas entendre et elle ferma les yeux pour rien tandis qu'il retombait lourdement sur elle. Elle sortit de la voiture. Il resta un moment prostré et vint la rejoindre. Il cherchait ses cigarettes. Il souriait. Elle commença à pleurer avant même d'avoir pu prendre conscience de sa tristesse. Il sembla stupéfait. Il lui demanda ce qu'elle avait et voulut la prendre dans ses bras mais elle se dégagea sans plus faire aucun effort de douceur, elle enfouit son visage dans ses mains, des larmes coulaient entre ses doigts, elle hoquetait, et la forêt silencieuse, la lumière de la lune reflétée par les fougères, les contours déchiquetés des aiguilles de Bavella à l'horizon, tout lui semblait triste et figé dans l'éternelle et dédaigneuse indifférence du temps, elle voulait garder les yeux fermés, oublier cet instant, oublier cet homme qu'elle ne connaissait pas et qui venait enfin de comprendre que quelque chose n'allait pas et s'approchait d'elle en lui disant qu'il était désolé sans qu'elle trouve cette fois la force de le repousser. Il avait trop longtemps et douloureusement pensé à elle, il avait terriblement envie d'elle, j'ai tellement envie de toi, disait-il avec conviction, et ce lieu commun du vocabulaire amoureux la dégoûtait, il était incapable de trouver des mots pour elle, ce qui valait mieux au fond, car elle savait que s'il avait tenté de faire le moindre effort d'inventivité, c'eût été encore bien pire, si bien qu'elle aurait préféré qu'il se taise tout à fait et la laisse pleurer mais il ne la laissait pas, il était tout près d'elle, il lui disait qu'il l'aimait, comme si le moment était bien choisi pour lui faire enfin cet aveu qu'elle avait attendu si longtemps et, quand elle le regarda, il était si manifestement confus et désarmé qu'il ressemblait à un petit garçon et elle le prit dans ses bras et lui dit qu'elle l'aimait aussi, qu'elle l'avait toujours aimé. Je ne veux plus qu'on fasse ça dans la voiture. Plus jamais. D'accord, répondit-il. Ils revinrent au restaurant et, à la fin de la soirée, il embrassa ses parents et alla dormir chez Antonia.

Il passait désormais la nuit chez elle plusieurs fois par semaine et c'était cela, l'âge adulte, non pas disposer d'un appartement et d'un salaire, mais simplement coucher avec Pascal B. dans un lit plutôt que sur la banquette arrière d'une voiture, ce qui se révélait non seulement plus confortable mais surtout plus gratifiant car il appelait toujours pour demander s'il pouvait venir et même si elle lui répondait invariablement oui parce qu'elle ne cessait de l'attendre, elle appréciait qu'il lui manifeste ainsi sa prévenance en la traitant enfin, alors que rien ne l'y obligeait, en individu doué de libre arbitre. C'était pour Antonia un motif de satisfaction d'autant moins négligeable que sa vie ne lui en offrait guère d'autre. Elle se retrouvait encore tous les week-ends dans la boîte de nuit de son adolescence qui se mit brutalement à diffuser, dès le début de l'été 1985, une musique d'une nullité scandaleuse, elle s'asseyait autour du même box avec Lætitia et Madeleine, laquelle avait à son tour abandonné ses études et confiait à Antonia, en lui hurlant dans l'oreille pour se faire entendre tout en jetant des regards inquiets vers le comptoir où buvait Jean-Joseph C., qu'elle avait eu une liaison à Nice avec un étudiant de maîtrise. Le type n'était pas corse, heureusement, ils n'avaient aucun ami commun, elle l'avait rencontré à la bibliothèque, l'une des rares fois, peut-être même la seule, où elle y avait mis les pieds, et ils avaient couché ensemble une heure après cette première rencontre, alors que Jean-Joseph était encore en prison, elle avait pleuré toute la journée du lendemain, elle se sentait terriblement coupable, et pourtant elle avait revu le type plusieurs fois, elle ne comprenait pas pourquoi, au fil du temps, la culpabilité se faisait plus tolérable et puis presque imperceptible et ne restait que le désir de le revoir et de coucher encore une fois avec lui, un désir terrible et d'autant plus impérieux qu'il était absolument pur de toute scorie sentimentale, et elle allait frapper à la porte de son studio, elle ne lui laissait pas le temps de dire un mot et, au réveil, elle s'épouvantait de la violence de ses élans lubriques et des ressources inconnues de son imagination dépravée, la culpabilité l'écrasait, c'était insupportable, elle s'enfuyait, et ça avait duré des mois comme ça, jusqu'à la semaine précédente, car quand elle avait été récupérer ses affaires à la cité U, elle n'avait pas pu s'empêcher d'aller le retrouver en se jurant évidemment que c'était la dernière fois mais sans en croire un mot si bien que la seule façon pour elle de s'en sortir et de faire que cette fois-là ait bien été la dernière était de ne plus jamais aller à Nice. Je me suis conduite comme une pute, concluait Madeleine en hurlant pour se faire entendre tant bien que mal. Quoi ? hurlait Antonia. Je suis une pute, répétait Madeleine. Antonia lui assurait qu'elle n'était pas une pute, elle ne la jugeait pas mais n'avait rien d'autre à lui offrir que le sourire abstrait de sa compassion parce qu'elle ne comprenait pas que la chair pût être le lieu de tels tourments et ne parvenait pas à s'y intéresser. Elle n'était préoccupée que de son avenir professionnel. Elle frémissait de s'imaginer, vingt ou trente ans plus tard, toujours employée par la même agence et si habituée à prendre des photos indigentes qu'elle n'en aurait même plus conscience et en viendrait peut-être à se montrer ridiculement fière de son travail. Au mois de juillet, le FLNC avait décidé de tenir une conférence de presse dans la région, fournissant ainsi à Antonia une occasion inespérée de faire un reportage digne de ce nom. Un soir, elle se retrouva donc au bord d'une route départementale en compagnie d'un collègue du journal et d'une équipe de la chaîne de télévision régionale. Un fourgon s'arrêta près d'eux. La porte s'ouvrit et un homme en treillis et cagoule les invita à monter. Antonia s'assit près de ses collègues. Elle prit un air blasé pour dissimuler son émotion de vivre une aventure extraordinaire mais le pied de son appareil photo lui échappa et roula sur le sol. Le militant le ramassa et s'approcha d'elle pour le lui rendre. Il la regarda fixement et elle eut l'impression qu'il lui souriait sous sa cagoule. Elle murmura un timide merci. De rien, répondit-il poliment. Elle reconnut immédiatement la voix de Simon T. et soupçonna qu'il n'avait parlé que pour qu'elle le reconnaisse. Le fourgon s'arrêta. Simon T. fit signe aux journalistes de le suivre et s'engagea sur un sentier qui menait à une clairière. Sous un drapeau corse accroché à des branches d'arbre, un clandestin tenant un papier à la main était assis à une table, entouré d'une dizaine d'hommes en armes. Il se mit à lire le texte d'un communiqué et, cette fois, Antonia reconnut la voix de Pascal B. en dépit des efforts grotesques qu'il faisait pour la déguiser. En prenant des photos, elle réalisa qu'elle devait connaître à coup sûr chacun des visages dissimulés sous les cagoules et ce qui aurait pu lui apparaître comme un privilège d'initiée aux Mystères la déprima profondément. Toute sa joie d'accomplir une tâche qui en valait la peine disparut. Elle ne participait pas à l'histoire exaltante d'une île de la Méditerranée mais seulement à un jeu puéril où d'anciens amis d'enfance se déguisaient en guerriers et en journalistes sans même parvenir à prendre leurs rôles respectifs au sérieux. Elle photographiait de mauvais acteurs récitant le texte incroyablement pompeux d'une pièce ratée que ni la violence ni les années de prison ne pouvaient rendre plus authentique et, dans cette pièce, Antonia jouait elle aussi, comme les autres, peut-être encore plus mal que les autres. Chaque fois qu'elle appuyait sur le déclencheur, elle validait cette mise en scène qui n'avait rien à voir avec la réalité mais n'existait que dans l'attente de sa transformation en images. Tout cela ne lui semblait guère honorable. D'ailleurs, à bien y réfléchir, l'écrasante majorité des photographes n'exerçaient pas un métier honorable, ils donnaient de l'importance à des sujets futiles, pire encore, ils fabriquaient de la futilité, et s'ils avaient de surcroît des prétentions artistiques, c'était encore bien pire, n'importe quel portrait de famille, fût-il flou ou mal cadré, valait infiniment plus que la plupart des photos de presse, pour ne rien dire de la publicité et de la mode où toutes les limites de l'ignominie étaient franchies sans vergogne si bien que les magazines les plus prestigieux n'étaient en fin de compte que des torchons plus répugnants encore que le quotidien régional pour lequel Antonia serait sans aucun doute condamnée à travailler toute sa vie. À Lyon devait bientôt commencer le procès du commando du FLNC qui, en juin 1984, avait pénétré dans la prison d'Ajaccio pour exécuter Jean-Marc L. et Salvatore C., responsables de l'enlèvement et de l'assassinat de Guy O., lui-même militant et trésorier de l'organisation qu'Antonia avait de plus en plus de mal à qualifier de clandestine. Des rumeurs terrifiantes couraient sur Salvatore C., un tortionnaire et un assassin qui avait, disait-on, l'habitude de donner les corps martyrisés de ses victimes en pâture aux cochons. Antonia avait consulté le dossier d'instruction que Pascal B. s'était procuré, sans doute par le biais d'un avocat. On y voyait les photos des cadavres allongés sur les lits de leur cellule. Jean-Marc L. portait un pyjama à rayures. Ses mains et ses pieds se recourbaient comme des serres. Les autopsies étaient, elles aussi, minutieusement documentées. Les crânes étaient sciés, les cages thoraciques ouvertes, les viscères exposés en pleine lumière, de longues tiges pénétraient dans la plaie des blessures par balles, l'acier chirurgical brillait et le médecin légiste présentait solennellement à l'objectif la masse blafarde d'un cerveau comme s'il révélait au monde la pitoyable matérialité de la vie. Antonia regardait les photos avec attention, sans dégoût particulier, parce qu'il lui était presque impossible d'imaginer que ces pièces de boucherie avaient été un jour assemblées pour former un corps humain. La photo qui la fascinait montrait des vivants, les membres du commando, tout de suite après leur arrestation, alignés debout devant un mur blanc, Pierre A., Pantaléon A., Bernard P., qui avaient pénétré dans la maison d'arrêt déguisés en gendarmes, Jean-Dominique V. et Georges M., qui avaient été arrêtés à l'extérieur. En cet instant, ils s'attendaient sans doute à passer leur vie en prison ou, si ce n'était leur vie, tout ce qu'il leur restait de jeunesse. Leur regard était fixe, plein de hauteur et de résignation avec, peut-être, une nuance de défi ou d'orgueil, un regard si intense et poignant qu'Antonia ne pouvait le soutenir sans que les larmes lui montent aux yeux. Le regard des vaincus face à leur ennemi. Ils n'espéraient rien, ne regrettaient rien, ils étaient admirables dans l'échec, bien plus qu'ils l'eussent été si l'opération avait réussi et que personne, jamais, n'avait pu voir leurs visages. Il n'y avait pas de supercherie, pas de mise en scène mais seulement la puissance de la vérité. Un policier qui ne connaissait rien à la photographie avait pris cette photo inoubliable seulement parce qu'il se trouvait là au bon moment. Antonia demanda qu'on l'envoie à Lyon couvrir le procès. On lui répondit que c'était impossible pour deux raisons dont chacune était rédhibitoire : aucune captation d'image n'était autorisée pendant une audience de cour d'assises, ce qu'Antonia ignorait, et, même si ce n'avait pas été le cas, elle n'aurait pas été choisie pour couvrir un événement de cette importance. Elle prit des congés et partit à Lyon avec Pascal B., Simon T. et d'autres militants de la région. Pendant le voyage, elle songea amèrement que personne n'aurait choisi d'envoyer Pascal B. à la prison d'Ajaccio ; comme à elle, on ne lui confiait que des missions minables : ils formaient donc un couple particulièrement bien assorti. Quand il s'assit près d'elle dans la salle du palais de justice de Lyon, il posa une main sur son épaule en fixant le box dans lequel les accusés allaient prendre place. Elle sentait sa ferveur, la sincérité totale de sa foi et elle se reprochait de se montrer si malveillante envers lui. Les accusés entrèrent. Pendant toute la durée du procès, Antonia imaginait les photos qu'elle aurait pu prendre si une réglementation stupide ne le lui avait pas interdit, Pierre A. lisant le texte d'une déclaration commune, le procureur réclamant la perpétuité, l'hermine, les robes écarlates, les robes noires, maître Antoine S. récitant devant les jurés les vers d'antiques appels à la vengeance vibrants d'une haine inexpiable, il ne suffisait pas que les assassins soient tués, il fallait encore que des nuées de corbeaux dévorent leurs chairs et les abandonnent sans sépulture dans l'iniquité de leurs ossements dénudés afin qu'au jour du Jugement ils ne puissent participer à la résurrection, les larmes de maître Marie-José B. quand le président annonça des condamnations de trois à huit ans de réclusion, les accusés incrédules dans le box qui s'efforçaient de ne pas laisser éclater leur joie et Antonia se demandait lequel de ces visages avait été le dernier que Jean-Marc L. et Salvatore C. avaient vu quand on les avait tirés du sommeil ce jour-là, ce jour de colère, le visage de celui qui, comme eux, allait devenir un assassin, et quelle voix leur avait annoncé "Nous venons de la part de Guy O." leur laissant le temps de comprendre qu'ils ne seraient pas pardonnés car la miséricorde de Dieu ne peut ternir Sa justice et les maudits doivent être voués à l'âcreté des flammes de l'enfer, et peut-être en ce matin de juin 1984 n'avaient-ils pas vu le visage d'un homme mais celui du roi de terrible majesté abattant sur eux son châtiment et réservant à d'autres la rédemption et la grâce, il tenait dans sa main la tête coupée à la chevelure de serpents dont le regard avait croisé leurs yeux aveugles et la terreur avait broyé leurs cœurs de cendre juste avant que les coups de feu résonnent dans les couloirs de la prison, comme ils avaient résonné aux oreilles d'Antonia dans les ruelles de la vieille ville d'Ajaccio, pendant l'hiver 1987, et devaient résonner de plus en plus souvent au cours des années à venir. On emmena les condamnés. Antonia et ses amis allèrent prendre un verre dans un bar près du palais de Justice. Pascal B. était euphorique. Jamais il n'aurait espéré des peines aussi légères. Le FLNC avait prévu d'organiser l'évasion du commando dans le cas qui semblait inévitable d'une condamnation supérieure à dix ans. Ce n'était plus la peine, maintenant. Antonia regrettait encore toutes les photos qu'elle aurait dû prendre. Elle resta silencieuse et se pencha brusquement vers Simon T., assis à ses côtés sur la banquette.

Franchement, c'était au-dessus de tes forces de la fermer ?

Quoi ? demanda-t-il sans comprendre.

Le jour de la conférence de presse, dit Antonia, tu ne pouvais pas fermer ta gueule ? Ça ne t'est pas venu à l'idée qu'il y a des choses qui ne m'intéressent pas du tout et que je n'ai pas envie de savoir ?

Elle se montrait délibérément méchante. Elle parlait doucement pour que les autres ne comprennent pas ce qu'elle disait mais la voix que Simon T. n'entendra jamais plus tremblait alors de colère et d'indignation.

Simon est assis aux pieds de Notre-Dame du Rosaire. Il se tient tout raide sur sa chaise, dans la fournaise de l'église. La sueur coule sur son visage, lui brûle les yeux et imbibe ses vêtements. Parfois, un courant d'air le fait frissonner. Il a écouté dix-sept tercets de l'interminable *Dies iræ*, l'alternance répétée de deux lignes mélodiques. Le chant s'achève sur trois distiques qui viennent rompre la monotonie de l'ensemble. Un chanteur entonne seul, sur une note très haute, *Lacrimosa dies illa – jour de larmes que ce jour-là quand, pour être jugé, le coupable ressurgira de la cendre*. Simon ne croit pas qu'Antonia soit coupable de quoi que ce soit ni qu'elle ressurgira de la cendre. Elle avait eu raison de se mettre en colère contre lui. Ce qu'il avait fait était ridiculement puéril. Dans le fourgon, il était fier de sa cagoule, fier du pistolet qu'il portait à la ceinture, fier comme un imbécile. Il n'avait pas pu résister à son envie de se dévoiler à elle, afin qu'elle voie que, contre toute attente, il ressemblait un peu à Pascal B., l'homme qu'il admirait tant et qui possédait tout ce que lui, Simon, n'obtiendrait jamais – le respect de tous, la gloire de la prison et l'amour d'Antonia. Il avait seulement voulu lui dire, tu vois, moi aussi, je suis là, parce que c'était la seule chose qu'il avait le droit de lui dire. Mais il l'avait mise en colère, franchement, c'était au-dessus de tes forces de la fermer ? et il était désemparé devant cette colère qui le faisait souffrir, il se sentait coincé sur la banquette de ce bar de Lyon, il ne pouvait pas fuir, il avait peur qu'Antonia prenne la mesure de sa douleur et comprenne qu'elle ne relevait pas d'une simple blessure d'amour-propre et il avait baissé la tête et murmuré les paroles d'excuses qu'il répète en regardant le cercueil, je suis désolé, Antonia, je suis vraiment désolé.

Évangile : Jean, XI, 21-27

6

(Bal de la Saint-Roch, Alta Rocca, 1973)

Purifie mon cœur et mes lèvres, Dieu tout-puissant, Toi qui as purifié les lèvres du prophète Isaïe avec un charbon ardent.

Tels sont les mots par lesquels le prêtre se prépare à la lecture de l'Évangile. Dans la forme extraordinaire du rite romain, pour la messe de funérailles, il s'agit d'un extrait de l'Évangile de Jean. Lazare de Béthanie est mort depuis quatre jours. Marthe, sa sœur, dit à Jésus qui vient d'arriver dans le village : *Seigneur, si tu avais été ici, mon frère ne serait pas mort.* Jésus lui annonce que Lazare ressuscitera et Marthe pense qu'il évoque la lointaine résurrection du dernier jour des temps. Comme les disciples, qui ne cessent de faire des contresens épuisants sur les paroles du maître, elle ne comprend rien. Mais Jésus lui dit : *Je suis la résurrection et la vie.* Marthe répond qu'elle croit en lui, qu'il est le fils de Dieu dont les Juifs attendaient la venue, et c'est sur cette profession de foi que s'achève le passage. La suite est connue. Jésus se fait conduire au tombeau, dont il demande qu'on retire la pierre qui le clôt, il appelle et Lazare, dans la faiblesse de ses chairs déjà décomposées qu'entravent les linges mortuaires, se lève et s'avance vers lui. Tous les témoins de la scène placent à leur tour leur foi dans le Christ, lequel est sans doute amer et fatigué de ne gagner les cœurs rétifs qu'au prix de miracles spectaculaires et incessants. Le texte a bien évidemment pour fonction de consoler la famille du défunt à qui, comme à Lazare, la résurrection est promise. Le parrain d'Antonia se rappelle que, lorsqu'il était enfant, ces histoires de résurrection laissaient les vieux dubitatifs. Sa grand-mère, qui veillait pourtant à ce qu'il récitât ses prières quotidiennes et passait son temps entre l'église et le cimetière, n'y croyait pas. Elle ne soupçonnait pas le prêtre de mentir mais de se laisser emporter par un enthousiasme excessif en imaginant que le privilège de la vie éternelle, sans doute réservé aux hommes de Dieu, devait échoir de surcroît au commun des mortels. Il va ressusciter lui, disait-elle, mais pas nous. Si les morts survivaient, c'était sous la forme de spectres inquiétants, jaloux et amnésiques qui hantaient les berges des fleuves à la nuit tombée et dont il fallait monnayer les faveurs. Toutes ces vieilles bigotes n'avaient au fond pas renoncé au paganisme, elles croyaient que Dieu et les forces surnaturelles devaient être ménagés pour écarter les seuls malheurs de la vie terrestre et, de tous ces malheurs, la mort était précisément celui dont on ne pouvait être ni sauvés ni consolés et c'était pour cela qu'elles la souhaitaient à leurs ennemis. De leur fréquentation, le parrain d'Antonia a conservé une certaine méfiance envers les paroles de consolation. Pendant toutes ces années de sacerdoce, il a vu la messe se transformer inexorablement en une cellule de soutien psychologique et il a entendu des prêtres rivaliser de niaiserie dans leurs homélies, transformer par un tour de passe-passe honteux le malheur en bonheur, comme si la mort pouvait être traitée avec légèreté sans être purement et simplement niée, comme s'il y avait là matière à se réjouir. Il ne veut pas nier la mort. Il ne veut pas prononcer des mots de consolation dont l'obscénité le révulse. Chaque fois qu'il a eu à préparer son homélie pour l'office des défunts, il a veillé à ne pas édulcorer l'ambiguïté du texte biblique car ni les Écritures ni même la liturgie ne présentent la mort comme une aimable plaisanterie, même si on a essayé de supprimer tous les textes qui disent l'angoisse et la terreur, le *Dies iræ*, le *Libera me*, qu'il s'obstine à faire réciter ou chanter parce qu'il refuse d'admettre que les hommes doivent être traités comme des enfants. Pendant les années 1990, il a enterré trois garçons assassinés, dont Pascal B., et en arrivant dans sa paroisse du continent, trois ans plus tôt, il a célébré la messe des funérailles d'une petite fille de cinq ans, renversée par une voiture, il a passé la nuit précédente en prières, il aurait voulu renoncer à son homélie, ne pas avoir à prononcer la moindre parole personnelle et n'ouvrir la bouche que pour dire ce qui était prescrit car qui voudrait être consolé quand le Seigneur Lui-même est en larmes ? Mais vient le moment redoutable où il est impossible de se tenir plus longtemps à l'abri du rituel, il faut prononcer devant l'assemblée et devant le défunt les mots maladroits qu'on a choisis dans la solitude, dont on ne sait jamais s'ils seront trop mélodramatiques ou, au contraire, trop désinvoltes, alors qu'il serait infiniment plus facile de continuer à lire l'Évangile dont le texte ne s'arrête évidemment pas à la proclamation de la vie éternelle. Après Marthe, Jésus rencontre Marie. Elle se jette à ses pieds, elle pleure, il se trouble et frémit et se met à pleurer lui aussi comme s'il oubliait que Lazare se lèvera bientôt du tombeau et qu'il n'y a donc aucun motif de chagrin. Au catéchisme, quand il était enfant, le parrain d'Antonia s'offusquait de ce qu'il considérait alors comme une grossière erreur de logique élémentaire. Puisqu'il va le ressusciter, pourquoi pleure-t-il ? demandait-il. Le prêtre d'alors semblait embarrassé. Il hasardait des réponses confuses dont aucune n'était satisfaisante car il n'était pas un grand théologien et, devant l'insistance de son élève, il finissait par lui imposer silence en fustigeant les tendances malignes au scepticisme qui ne manqueraient pas de causer sa perte. Après sa première communion, le parrain d'Antonia annonça qu'il ne voulait plus suivre le catéchisme et refusa d'abord, malgré les menaces de sa mère, de revenir sur sa décision jusqu'à ce qu'on lui apprenne que, s'il s'obstinait, il lui faudrait aussi renoncer à servir la messe. Il ne pouvait se résoudre à ne plus être enfant de chœur, il aimait l'aube blanche, la répétition minutieuse des mêmes gestes, le lourd parfum de l'encens d'église. Il céda donc à ce pieux chantage et poursuivit son éducation chrétienne, sans plus poser de questions, quoiqu'il persistât à se sentir trompé. Aujourd'hui, il croit que ni les larmes du Christ ni ses supplications désespérées, pendant la nuit d'effroyable solitude du jardin de Gethsémani, pour que soit écarté de ses lèvres le calice de l'agonie ne recèlent aucune erreur de logique, aucune contradiction qu'il faudrait réduire ou dépasser, car le Dieu qui s'est fait homme se tient dans le déchirement et qu'aurait-il eu d'humain s'il s'était épargné l'expérience de l'angoisse et du désespoir ? Le prêtre se lève pour prononcer son homélie. Le discours qu'il a préparé se délite, il ne se rappelle plus ce qu'il voulait dire, il pense seulement, nous aussi, nous savons qu'elle est près du Seigneur et nous la pleurons quand même, mais il ne le dit pas. Il regarde sa sœur, ses frères, son beau-frère, son neveu et le cercueil, il n'a pas honte de frémir en lui-même et il dit Jésus va ressusciter Lazare mais tout de suite avant le miracle, il pleure et nous pouvons nous en étonner car, après tout, lui qui est la résurrection et la vie, pourquoi pleure-t-il ? Il tente de l'expliquer, il dit que ces larmes surgissent du cœur même du christianisme, et il pense que sa position est impossible, on ne sait jamais comment se conduire avec les morts, ni à quelle distance d'eux se tenir, aucune distance ne convient sans doute, quand on ne les connaît pas, il faut éviter de s'en tenir aux banalités qu'inspire toujours une compassion laborieuse mais tâcher de les saisir dans leur singularité imparfaite, et quand on les connaît, il ne faut pas se laisser aller au lyrisme de son chagrin, laisser parler l'oncle et le parrain à la place du prêtre, on usurpe toujours quelque chose, au fond, le deuil des familles, la robe sacerdotale, c'est sans issue, le mieux serait sans doute de ne pas se poser de questions, de répéter toujours les mêmes choses en changeant de prénom, Ton serviteur, Ta servante, ils ont vécu dans l'espoir de Ta lumière, des eaux du baptême au trépas, Tu les as accompagnés toute leur vie, ils ont écouté Ta parole, suivi Tes commandements, ils T'aimaient et avaient foi en Toi, comme si on ne portait jamais en terre que des saints alors que ce n'est pas vrai, les morts ne sont pas des saints, pense-t-il, pas plus que les vivants, et Antonia n'a pas vécu dans l'espoir de Ta lumière parce qu'elle ne T'aimait pas, en vérité, elle Te détestait et ne T'accordait l'existence que pour Te demander de rendre raison du monde et T'accabler de reproches, sauf, pense-t-il, que ce n'est pas Toi qu'elle accablait de reproches, mais moi, et j'avais beau lui dire que je n'avais pas à expliquer la souffrance mais seulement à essayer de la soulager, elle m'en voulait parce que non seulement je n'expliquais rien mais que, par-dessus le marché, je ne soulageais rien non plus, elle disait cela méchamment, pour me blesser parce qu'elle était en colère mais elle avait raison, dans un sens, j'étais bien incapable de soulager la souffrance, du moins la sienne, et à son retour de Yougoslavie, elle a fini par ne plus me supporter du tout, la foi n'était plus pour elle une erreur ou une naïveté dont on pouvait à la rigueur se moquer, c'était une faute morale, une infamie, le symptôme d'un aveuglement coupable et monstrueux mais ce n'est pas un péché, cela, la faiblesse d'un cœur empli d'amour n'est pas un péché à Tes yeux et c'est pour ça que je la sais près de Toi, même si je la pleure quand même, pense-t-il alors qu'il poursuit tant bien que mal son homélie en s'embrouillant dans des exégèses subtiles que personne ne comprend, le regard noir de sa sœur posé sur lui comme sur le plus incompétent des franciscains flamands, il faudrait qu'il mette un terme à cette catastrophe, qu'il fasse au moins l'effort de prononcer le prénom d'Antonia, mais il ne sait pas comment conclure, personne n'applique sur ses lèvres le charbon ardent de la délivrance et de la pureté et le voilà qui embarque de force l'assemblée sur l'autre rive du torrent du Cédron, dans les jardins de Gethsémani. Il regrette à nouveau d'avoir stupidement cédé à l'insistance de sa sœur, il regrette presque d'avoir un jour répondu à l'appel du sacerdoce qui n'aurait pas dû lui être adressé. Qu'avait-il donc réussi à faire si ce n'est blesser mortellement tous ceux qui l'avaient un jour aimé, à commencer par Antonia ? Elle était une enfant si aimante, il se le rappelle et interrompt un instant son discours pour contenir ses larmes mais il ne prononce pas son prénom et elle court vers lui, regarde, regarde comme je danse ! elle a huit ans, c'est la fête du village, le jour de la Saint-Roch, la cour de l'école est entourée de canisses, l'orchestre joue plus ou moins faux un tango passionné dans la chaleur de la nuit d'août, *Laisse-moi cueillir tes lèvres comme une fleur*, le parrain d'Antonia est accoudé au comptoir de bois derrière lequel des bouteilles de champagne flottent parmi les blocs de glace dans de grandes poubelles vertes, des couples tirés à quatre épingles dansent avec le plus grand sérieux, les chemises cachemire, les robes et les talons hauts claquant sur le ciment, *Viens danser, la vie est trop amère, d'autres bras te feront m'oublier*, Pascal B. et ses amis ont entre douze et quinze ans, ils boivent l'abominable Get 27 avec un stoïcisme viril, Xavier S. s'écarte pour vomir aussi discrètement que possible un épais liquide vert empestant la menthe, mais les petits enfants, par couple, dansent eux aussi le tango, ils singent les adultes, en étouffant des rires, ils bousculent tout le monde et doivent parfois opérer de fulgurantes accélérations pour éviter avec une certaine aisance les coups de pied au cul que leur adressent des danseurs indignés mais trop lents, regarde comme je danse ! la main gauche d'Antonia étreint la main droite de Simon T., huit ans lui aussi, ils se tiennent par la taille de leur bras libre et traversent la piste en tous sens au rythme de la musique, joue contre joue, le menton tendu, *Demain, ma chère, nous ne danserons plus ensemble.* Du coin de l'œil, elle vérifie qu'elle a toute l'attention de son parrain qui la regarde, à moitié soûl, en souriant. De l'autre côté de la piste, assise seule à une table, Damienne T., la mère de Simon, regarde aussi les enfants. Le parrain d'Antonia va la rejoindre. Il jette des billets froissés sur le comptoir. Il apporte une bouteille de champagne dans un seau. Il discute un instant avec elle et lui propose de danser. Elle hésite un moment. Depuis que son mari est mort trois ans plus tôt sur une ligne à haute tension, elle n'a dansé avec personne à la fête du village. Elle a trente-cinq ans. Sur son visage blême, les lèvres sont à peine colorées. Elle n'est ni belle ni particulièrement laide, simplement fade, éteinte. Le parrain d'Antonia a soudain le sentiment de voir luire, au sein même de cette fadeur et sous la peau diaphane, quelque chose d'infiniment poignant, une flamme fragile. Elle se lève et il la suit sur la piste. Ils esquissent quelques pas de danse et Antonia et Simon viennent les rejoindre et s'accrochent à eux de tout leur poids et ils dansent tous les quatre en titubant. *Ne t'en va pas et fais-moi encore croire que j'ai rêvé et que tu es toujours mienne.* La lumière d'un flash les éblouit. Le tango s'arrête. L'orchestre commence une série de rocks, puis de slows, puis selon un cycle immuable, une nouvelle série de tangos et de paso doble. Il est cinq heures du matin. Le père de Xavier S. vient de trouver son fils affalé dans un buisson. Il le réveille avec des gifles et des hurlements. Simon s'est endormi contre sa mère alors qu'Antonia s'efforce de garder les yeux ouverts. Mais elle ne proteste pas quand ses parents lui annoncent que c'est l'heure de rentrer. Elle met longuement les bras autour du cou de son parrain et pose la tête sur son épaule pour lui souhaiter bonne nuit. Je vais rentrer aussi, dit la mère de Simon. Je t'accompagne, propose le parrain d'Antonia. Je vais porter le petit, ce n'est pas la peine de le réveiller. Ils marchent dans les rues du village. Vers l'est, on ne voit déjà plus les étoiles. Arrivée devant sa maison, elle ne lui propose pas d'entrer mais elle entre elle-même et laisse la porte ouverte derrière elle. Il la suit jusque dans la chambre de Simon et allonge le petit garçon sur son lit. Il la laisse coucher son fils. Il pourrait dire bonne nuit et rentrer chez lui mais il attend dans le salon. Un chat se frotte à ses jambes en ronronnant. Au mur, il y a évidemment des portraits de vieillards et de militaires. Une photo du mariage de Damienne est posée sur le buffet à côté d'une autre, prise sans doute à la maternité, où elle tient, toute pâle, son bébé dans les bras. Elle revient vers lui. Elle le regarde attentivement et maintenant il la trouve belle. Elle s'avance timidement. Elle lui passe les bras autour du cou et, comme Antonia, elle pose la tête contre son épaule. Elle lève la tête et cherche ses lèvres mais il fuit son baiser en la maintenant serrée contre lui. Il a peur du regard des photos. Elle l'emmène dans sa chambre. Il cherche avec anxiété les yeux de l'époux mort mais ne trouve que les déchirures du papier peint et un peu de poussière sur la table de nuit. Elle enlève sa robe. Sa peau ne ressemble pas à celle des quelques filles qu'il a connues dans les cabarets ou les bars de nuit, après des parties de poker, elle est plus souple et plus rêche, toute blanche, avec d'imperceptibles marbrures à la naissance des seins, au pli de l'aine, comme l'esquisse des déchéances à venir et il en est ému. La lumière du jour éclaire un coin de la chambre. Il s'allonge sur elle, il voit briller les yeux noirs, elle lui mord l'épaule sans faire aucun bruit et, à nouveau, alors qu'il se laisse aller en arrière, elle met les bras autour de son cou. Tant qu'il restera avec elle, elle refera ce même geste et il finira par croire que la sexualité n'est plus que le chemin étrange menant vers cet instant de chasteté parfaite. Elle ne le laisse pas s'endormir. Je ne veux pas mais il faut que tu t'en ailles, murmure-t-elle. À cause de Simon. Il se lève et se rhabille et quand il sort, le soleil l'éblouit. Il marche un moment dans les rues du village, c'est encore l'enchantement des premiers matins, et les mois passent et ce n'est plus la peine de partir avant le réveil de Simon, il n'y a plus de secret à partager, les photos se retirent dans leur inertie, elles cessent d'être menaçantes, mais quand il regarde le visage de Damienne, une parcelle de beauté qu'il est le seul à voir vacille toujours sous la pâleur comme la flamme d'une bougie alors que ce sont maintenant deux années qui ont passé, il se réveille, les bras de Damienne autour du cou et son cœur se serre, il ne sait que faire de son émotion inutile, il est distant, silencieux, mécontent de lui-même, il voudrait qu'elle lui reproche son mutisme, son indifférence car si elle le faisait, il pourrait lui dire qu'elle ne lui est pas indifférente et qu'il ne comprend pas pourquoi l'amour qu'il lui porte est si manifestement stérile mais il ne dit rien, il sort beaucoup, il joue aux cartes, il rentre tard, sans prévenir, et elle ne lui reproche jamais rien. Une nuit d'hiver, la partie de poker s'achève à deux heures du matin. Il met dans sa poche l'argent qu'il a gagné et offre une tournée générale. Il cherche l'ami qui devait le remonter au village en voiture. On lui dit qu'il est parti depuis une heure. Ça lui fait de la peine. Il pense qu'il devrait prendre une chambre dans un hôtel en ville mais il n'est pas fatigué et puis en cette saison et à cette heure-ci, il ne trouvera pas de chambre, alors il salue tout le monde et commence à marcher le long de la route de dix kilomètres qui mène au village. Il monte dans l'obscurité, les mains dans les poches. Il est fatigué. Il a l'impression que quelqu'un le suit. Il se retourne de temps en temps pour scruter les ténèbres. Son cœur s'affole. Partir à pied était une idée idiote. Il finit par passer devant la grille du cimetière. Une fenêtre est éclairée dans la maison du vieux prêtre qui n'aimait pas les questions. Il y a bien des raisons possibles pour qu'un vieillard allume une lampe en pleine nuit, l'insomnie, le gâtisme, la prostate, mais l'oncle d'Antonia pense tout de suite, avec l'indiscutable autorité de la certitude : il est mort et il s'arrête sur cette pensée qui lui semble parcellaire, incomplète, appelant une conclusion qui ne vient pas, il bute sur son évidence, il se répète, il est mort, le prêtre est mort, il cherche la suite, il est mort et puis quoi ? il dit à haute voix et puis quoi ? la réponse est toute proche et ne cesse de lui échapper et d'un seul coup la phrase est complète : le prêtre est mort et tu vas prendre sa place. Il est sidéré, cette nuit, décidément, il n'a que des idées idiotes et celle-ci l'est tout particulièrement mais il ne parvient pas à la chasser. Il rentre sans faire de bruit. Il s'allonge près de Damienne et s'endort presque aussitôt. Elle le réveille en milieu de matinée. Elle lui tend le café qu'elle a préparé pour lui. Tu sais ce qui s'est passé cette nuit ? Il répond, oui, je sais. Le prêtre est mort. Elle le regarde. Qui t'a appris ça ? Il ne répond pas. Il dit : le prêtre est mort et je vais prendre sa place. Elle rit. Il voudrait rire avec elle, il ne peut pas, cette pensée absurde, étrangère s'enracine et se propage en lui comme une tumeur, et plus il lutte contre elle, plus il s'affaiblit et lui cède, il proteste encore, je ne crois même pas en Dieu, mais il n'en sait plus rien, est-ce que je crois en Dieu, finalement ? demande-t-il alors même que cette question n'a déjà plus de sens car ce qui est en train de lui arriver n'a rien à voir avec ce qu'il croit ou ne croit pas, il ne s'agit pas d'une conversion intellectuelle mais d'un ravissement brutal, sans retour possible, la brûlure du charbon ardent sur ses lèvres, les os rompus, la souffrance, les yeux aveugles sur le chemin de Damas. Un matin de printemps, encore couché, il entend Damienne et Simon qui prennent leur petit-déjeuner dans la cuisine. Le chat saute sur le lit. Il le caresse. Une lumière chaude entre dans la chambre à travers les persiennes. Il regarde le chat qui ronronne contre lui, les yeux mi-clos et il se met à pleurer parce que tout est fini et qu'il ne revivra plus jamais la douceur domestique d'une matinée comme celle-ci. Il n'y a plus ni questions ni doutes. Il entre dans la cuisine. Je vais m'en aller, dit-il, et Damienne comprend exactement ce qu'il veut dire. Elle fait oui de la tête d'un air épuisé. Il va s'accroupir près de Simon. On va se revoir bientôt, tu sais, je ne t'abandonne pas. Il ne peut déchiffrer le regard sérieux du petit garçon. Quand il a refermé la porte derrière lui, il pleure encore, il pleure sur la vie dont pourtant il ne veut plus et qui ne reviendra pas, il pleure sur la lâcheté de son dernier mensonge, je ne t'abandonne pas, bien sûr que si, il l'abandonne, il les abandonne tous les deux pour répondre à l'appel d'une voix qui a retenti dans la nuit et qu'il a d'abord prise pour la sienne et il est coupable, même s'il n'avait pas d'autre choix que de répondre à cet appel, il est coupable et rien ne le rachètera. Il court jusqu'à l'église déserte. Il se met à genoux dans l'allée principale, face à la croix. Notre-Dame du Rosaire tend vers lui son chapelet. Les larmes sont la seule prière dont il est capable. Quand il les a séchées, il va chez sa sœur. Il appelle l'évêché. Je voudrais être reçu par monseigneur. Il ne connaît même pas le nom de l'évêque. Il porte le poids de son péché dans la joie de ses années de séminaire, il le porte encore aujourd'hui dans l'église quand il aperçoit le visage de Damienne, une vieille femme, si vieille désormais, qui écoute, assise près de l'allée centrale, sa pitoyable homélie. Peut-être pense-t-elle : était-ce la peine si c'était pour devenir un si mauvais prêtre ? Est-il un si mauvais prêtre ? C'est en tout cas ce que doivent penser les fidèles assemblés à qui il inflige une interminable homélie après leur avoir fait subir l'intégralité du *Dies iræ*, dans la canicule qui a transformé l'église en fournaise, certains vont peut-être faire un malaise, d'autres vont peut-être finir par partir, n'y tenant plus, mais qu'ils s'en aillent, pense-t-il, qu'ils s'en aillent tous, qu'ils me laissent seul avec Antonia, pense-t-il en continuant à parler, *Mon âme est triste à mourir*, personne ne l'écoute, il les voit chanceler dans la chaleur et s'assoupir sur les bancs, *Ainsi vous n'avez pas pu vous tenir éveillés une heure avec moi*, qu'ils s'en aillent donc, ils ne sont venus que pour être vus, pour qu'on puisse se rappeler qui était là et qui manquait, ils accomplissent un devoir social, sans grand enthousiasme, et maintenant ils sont pris au piège, leur compassion ne résiste pas à une heure d'inconfort, c'est trop demander, ils s'enlisent dans la médiocrité incurable de leur égoïsme et s'ils essayent d'y échapper, leur péché les y précipite à nouveau, pense-t-il, oh, je vous connais, je vous connais tous, parce que je suis comme vous, je le sais bien et je ne vous jugerais bien sûr pas aussi durement si le pauvre corps qui subit aujourd'hui l'injure de vos lassitudes n'était pas celui de ma petite. Il les connaît tous, c'est vrai, il a vécu avec eux, il a baptisé les plus jeunes, il a marié Lætitia O. à ce sombre abruti de Xavier S. qui s'éponge ostensiblement le front en soufflant comme une bête dans son auge, il en a même reçu certains en confession où ils se gardaient bien de lui avouer leurs péchés véritables précisément parce qu'ils le connaissaient eux aussi trop bien et avaient honte devant lui si bien qu'ils s'accusaient abondamment de fautes précises, mais mineures et abstraites, et non seulement abstraites mais tout à fait imaginaires, comme il l'avait fait lui-même avant sa première communion quand il avait bien fallu se confesser au vieux prêtre qui l'avait vu grandir, auquel il avait hypocritement récité d'un ton contrit de tartuffe, avant même de recevoir l'hostie, une liste de péchés tout droit sortie d'un guide préparatoire destiné aux enfants, j'ai sciemment omis ma prière du soir, je me suis querellé avec mes frères, j'ai nourri de mauvaises pensées envers mes parents, en se gardant bien d'évoquer l'insupportable concupiscence qui lui tordait le ventre et le précipitait dans les affres compulsives de la masturbation ou la douce volupté qu'il ressentait à jurer en toute occasion et à rouer de coups ses camarades de classe. Toutes ces années passées avec ceux qui lui étaient si proches depuis si longtemps avaient presque fini par le persuader que le sacrement de la confession devait être inévitablement souillé par le mensonge jusqu'à ce qu'il s'installe sur le continent parmi des paroissiens qui ne le connaissaient pas et se confessaient donc à lui avec une franchise qu'il jugeait parfois excessive et qui lui était pénible au point qu'il rêvait parfois aux charmes de la vie monastique. Si l'amour du prochain était chose aisée, il le sait bien, le Christ n'aurait certes pas pris la peine d'en faire le premier des devoirs. Le parrain d'Antonia s'efforçait constamment de dompter sa volonté par la prière pour pratiquer tant bien que mal l'amour de ces prochains dont la voix chuchotante dressait dans l'ombre le tableau répugnant de la bassesse humaine, les ambitions, les jalousies médiocres, la mesquinerie, la cupidité, la jouissance et les désirs sordides, la moiteur des petits crimes quotidiens, le péché sans éclat comme l'œil mort du serpent. Assis dans le confessionnal, il lui semblait patauger dans un cloaque. Tous les mois, un vieil homme lui avouait guetter à la sortie de la salle de bains une petite-nièce qui venait régulièrement passer le week-end chez lui pour ne pas l'abandonner à sa solitude. L'œil obscurci par la cataracte suivant la course des gouttes d'eau qui coulaient sur le corps de la jeune femme enroulée dans une serviette éponge, guettant le moment où la chute de la serviette révélerait peut-être la nudité humide qu'il avait cent fois caressée dans l'intimité perverse de ses rêves, pardonnez-moi, mon père, si vous saviez comme je me repens, tous les mois, il recevait, outre l'absolution, de vigoureuses exhortations à réformer sa conduite mais revenait le mois suivant en enrichissant son récit d'un détail supplémentaire, évidemment ignoble, la collecte de poils pubiens dans le bac à douche, un trou percé à la chignole dans la porte, au point que le parrain d'Antonia finit par penser que rien de tout cela n'était vrai et que cet homme prenait autant de plaisir à faire le récit fantasmé du péché qu'il n'osait pas commettre qu'à s'en accuser si bien que, par son écoute attentive, le prêtre se faisait malgré lui complice d'un double blasphème et en encourageait de surcroît la récidive. Il n'accusa pas son paroissien de mensonge mais finit par lui refuser l'absolution. Ça ne marche pas comme ça, lui dit-il durement, votre âme n'est pas un linge qu'on peut indéfiniment salir et laver et je ne tiens pas une blanchisserie. Je ne suis pas là pour vous garantir que vous pouvez réitérer le même péché à satiété. Votre endurcissement dans le péché, je dois vous le dire, m'empêche de croire en la sincérité de votre repentir. De l'autre côté de la grille, le vieux se mit à sangloter. En l'entendant gémir et renifler, le parrain d'Antonia eut d'abord un haut-le-cœur et puis il mesura soudain l'ampleur de la souffrance qu'il côtoyait en cet instant même et fut submergé par une vague de pure compassion. Ce vieillard réprouvé était le prochain qu'il fallait aimer, avec les noirceurs de son âme douloureuse et non malgré elles, sans hésitation ni dégoût mais de tout cœur, comme saint Julien l'Hospitalier baisa les lèvres du lépreux. Antonia lui reprochait de tolérer le mal et, plus encore, de ne pas en prendre la juste mesure et jamais il n'a pu la convaincre qu'elle se trompait. Elle avait certainement été le témoin de choses dont il n'avait pas l'expérience et qu'il ne pouvait sans doute même pas imaginer, cela, il pouvait le lui accorder, mais elle avait tort de penser que le péché se quantifie comme les délits du Code pénal, il peut être plus ou moins visible, en un sens, il est toujours là tout entier, dans les grands crimes comme dans les petits, égal à lui-même, terne, sale, sans profondeur ni noblesse, si bien qu'au cœur de chaque péché, fût-ce le plus infime, grimace toujours le visage hideux de la méduse. Il ne faut pas hurler, c'est difficile, il ne faut pas laisser son cœur se pétrifier comme il a cru si souvent qu'il advenait alors qu'il pataugeait dans le cloaque du confessionnal, il faut veiller sur la chair vivante, la circulation obstinée du sang, car Dieu a fait l'homme à Son image et à Sa ressemblance, et la référence biblique rendait Antonia furieuse, oh, ce n'est pas beau, l'image et la ressemblance de Dieu, et le modèle doit être encore pire, alors il taisait les références qui lui venaient à l'esprit, il se demandait ce qu'elle pouvait bien avoir vu pendant ses séjours dans l'effondrement sanglant de la Yougoslavie d'où elle n'avait finalement rapporté aucune photo, malgré le temps et l'argent investis dans ce voyage dont elle rêvait, mais elle refusait de dire quoi que ce soit, il la voyait souffrir et, de cette souffrance, une fois de plus, il était responsable parce que c'était lui qui, pour son quatorzième anniversaire, lui avait offert l'appareil photo sans lequel elle n'aurait jamais pu songer à partir là-bas pas plus qu'elle ne se serait trouvée sur la route de l'Ostriconi, un matin d'août 2003 au lever du soleil. *Tu ne feras pas d'idole, ni aucune image de ce qui est dans les cieux en haut, ou de ce qui est sur la terre en bas, ou de ce qui est dans les eaux sous la terre. Tu ne te prosterneras pas devant eux et tu ne les serviras pas.* Il n'avait pas écouté la parole et voici qu'à cause de lui sa filleule avait servi des idoles qui l'avaient terrassée. Il ne nourrissait aucune tendance à l'iconoclasme, au contraire : en donnant le Christ en rachat du monde, Dieu n'avait-Il pas Lui-même consenti à livrer Son image la plus parfaite ? Le parrain d'Antonia aime que les églises soient remplies de statues et de tableaux, même maladroits, et jamais il n'a eu l'impression de servir des idoles. Au village, les quatorze stations du chemin de Croix semblent avoir été peintes par des enfants attardés. Le malheureux Simon de Cyrène se voit affligé d'une jambe dramatiquement plus courte que l'autre, sainte Véronique souffre d'une surcharge pondérale sévère et le Christ lui-même est contrefait. C'est sans importance. Le regard ne s'appuie sur les images que pour les traverser et saisir, au-delà d'elles, le mystère éternel et sans cesse renouvelé de la Passion. Oui, les images sont une porte ouverte sur l'éternité. Mais la photographie ne dit rien de l'éternité, elle se complaît dans l'éphémère, atteste de l'irréversible et renvoie néant. Si elle avait existé à l'époque de Jésus, stianisme ne se serait pas développé ou n'aurait été, au mieux, qu'une atroce religion du désespoir. C'est alors qu'il aurait fallu être iconoclaste et ne rien laisser subsister. Les représentations picturales les plus réalistes de la crucifixion laissent toujours entrevoir dans les blessures de la chair martyrisée, comme en négatif, le miracle de la résurrection. S'il avait pu exister une photo de la mort du Christ, elle n'aurait rien montré d'autre qu'un cadavre supplicié livré à la mort éternelle. Sur les photographies, les vivants mêmes sont transformés en cadavres parce qu'à chaque fois que se déclenche l'obturateur, la mort est déjà passée.

Mon Père, s'il est possible, que passe loin de moi cette coupe.

Mais ce n'est pas possible, bien sûr. Il faut la saisir et boire. Mais qui donc a tendu la coupe à Antonia ?

Depuis un trop long moment, il se tait, la tête baissée vers les Évangiles, suscitant dans l'assistance l'espoir bientôt déçu qu'il en a terminé. Sa sœur a les mains crispées sur le dossier du prie-Dieu. Il n'a toujours rien dit au sujet de sa filleule. Avant même de l'avoir décidé, il reprend la parole.

Antonia n'était pas à proprement parler une bonne chrétienne, je le sais et vous le savez. Si elle envisageait parfois l'existence de Dieu, c'était d'une bien étrange manière. Elle ne se fiait pas à Lui, elle ne plaçait pas son espérance en Lui. Nous ne pouvons mentir à l'heure de la remettre entre Ses mains, pas même pour nous consoler, et chacun sent à quel point le mensonge serait dérisoire à cette heure et en ces lieux, dans la demeure de Celui qu'il est impossible de tromper. Mais je sais aussi que le cœur d'Antonia débordait d'un amour qui la rendait particulièrement vulnérable à la douleur et je sais encore que la douleur mène parfois à la révolte. Je le sais parce que je suis son oncle et son parrain, parce que je la connaissais et l'aimais, et je demande pardon devant vous et devant Dieu si je ne parviens pas, comme je l'aurais voulu, à m'exprimer ici seulement en prêtre. Je sais enfin, je sais surtout, que la miséricorde de Dieu est infinie et qu'Il pénètre dans les cœurs à une profondeur qui nous est inaccessible. Je crois, moi, qu'Il accueillera Antonia et qu'elle se tient déjà près de Lui. Cependant, nous sommes affligés. Je vous ai parlé des larmes du Christ, trop longuement et maladroitement, et je vous en demande encore pardon. Pourquoi pleure-t-il ? Parce qu'il se tient dans le déchirement. Nous nous tenons nous aussi, avec lui, dans ce déchirement. Nous devons nous y tenir : là, entre l'espoir et le deuil, tout à la fois accablés par le deuil et débordant d'espoir. Ainsi, nous croyons qu'Antonia est auprès du Seigneur, mais nous la pleurons quand même.

Offertoire : *Domine Jesu Christe*

7

(Soldat agonisant auprès de son médecin, Corfou, 1915)

Seigneur Jésus-Christ, roi de gloire, délivre l'âme de chaque fidèle défunt des peines de l'enfer et du gouffre profond.

En 1901, à l'âge de seize ans, Rista M. quitte sa ville natale de Šabac pour s'installer à Belgrade. Il veut sans doute devenir peintre et c'est pour cela qu'il s'inscrit d'abord dans une école de dessin. La même année, il rencontre Milan J., photographe de la cour du roi Pierre qui le prend en sympathie et lui enseigne toutes les subtilités de son art. Car il ne fait alors pas de doute que Rista M. considère la photographie comme un art auquel il convient de donner ses lettres de noblesse. Il ne sera donc pas peintre. Il ne sera pas non plus un artiste, même si tout son travail témoigne d'un sens exceptionnel de la composition, car il n'est pas permis de consacrer toute sa vie à la beauté quand on est né en 1885 dans les Balkans.

Cela, bien sûr, en 1901, Rista M. ne le sait pas encore.

Il obtient son diplôme en 1905, il part à Vienne, à Berlin. Il envoie à son maître des portraits de lui, en chapeau melon et costume trois pièces, la chaîne d'argent de sa montre élégamment accrochée à un bouton de son gilet. Il est manifestement heureux d'être jeune, impeccablement vêtu et de découvrir l'Europe. Il demande qu'on lui envoie un peu d'argent. Il arrive à Paris où il est embauché par l'agence Rol. Dans la plaine de jeux de Bagatelle, il photographie des exploits d'aviateurs, des mariages princiers, des courses cyclistes, des funérailles nationales, il pose son appareil dans les cathédrales et les hippodromes, il semble se spécialiser dans les mondanités mais il n'oublie pas que la photographie est un art et il arbitre toujours avec la même virtuosité entre le vide et le plein, l'ombre et la lumière.

En septembre 1907, le *Herald Tribune* l'engage comme correspondant après lui avoir attribué un prix pour l'une de ses photos. On y voit le lévrier de Gabriele D'Annunzio finir la course en tête à quelques centimètres de celui de la comtesse de Noailles. Les deux chiens courent flanc contre flanc, leurs pattes ne touchent pas terre, tous les muscles de leur long corps sont tendus sous le pelage sombre et ils jaillissent dans le cadre par la droite depuis un point situé quelque part au-dessus. Il faut regarder attentivement l'image pour comprendre qu'il ne s'agit pas d'une peinture d'un classicisme quelque peu académique mais bien d'une photographie dont la composition a dû être pensée en une fraction de seconde. Dans les ombres, certains détails ont peut-être été relevés au fusain à moins qu'une exposition parfaite n'ait rendu toute retouche inutile.

Il est permis quoique vain de conjecturer que, si l'histoire de l'Europe avait été différente, Rista M. serait devenu un photographe célèbre qui, lassé des voyages et de la fréquentation assidue de l'aristocratie, aurait fini, après avoir gagné suffisamment d'argent, par se consacrer à la photographie d'art.

Mais en 1912, quelques mois après que Gaston C. est rentré de Tripolitaine, Dragutin D., dit Apis, chef du service de renseignements de l'état-major, convoque Rista M. à Belgrade. Apis n'est pas seulement un conspirateur passionné et un régicide conservant le souvenir de l'assassinat du roi Alexandre Ier de Serbie et de sa femme Draga sous la forme, non de vagues images mentales, mais de trois balles encore logées dans son corps, il est aussi un homme qui a compris le rôle que peut jouer la photographie dans la propagande de guerre. Désormais, Rista M. ne s'occupe plus d'événements mondains. Il suit l'armée serbe, dont un patriarche a béni les étendards, sur les champs de bataille victorieux et jusqu'en Macédoine d'où les Turcs viennent d'être chassés. À Skopje, une délégation composée des autorités religieuses de la ville attend le roi Pierre. Côte à côte, deux prêtres, l'un orthodoxe, l'autre catholique romain, un rabbin et un imam s'avancent à sa rencontre sous l'objectif de Rista M. Bientôt, le dauphin Alexandre entrera à son tour dans Skopje. En attendant, Rista M. se promène en ville avec son appareil. Des hussards sanglés dans de courtes vestes à brandebourgs, le long plumet blanc oscillant sur leur colback à poil d'ours, chevauchent dans les rues. Sous l'arc d'un porche, trois fantassins serbes, fusil à l'épaule, fument une cigarette et, derrière eux, à la limite de la surexposition, mais à la limite seulement, on aperçoit le dôme et le minaret blanc d'une mosquée.

Rista M. n'a rien perdu de son sens de la composition.

Alors que commence la deuxième guerre des Balkans, il prend en photo des hommes accroupis en cercle dans une clairière autour d'un vieux soldat coiffé d'un fez qui leur raconte une histoire. Ils ressemblent à un groupe d'enfants fascinés. Au second plan, entre deux arbres, se découpe à contre-jour la silhouette d'un officier qui les regarde ou essaye peut-être lui aussi d'écouter le vieux.

Non, Rista M. n'a rien perdu de son sens de la composition.

En juillet 1913, il rentre à Paris, sans doute avec joie. S'il a l'occasion de voir les merveilleuses photographies prises en couleurs cette même année, sur une plage anglaise du comté de Dorset, d'une jeune fille vêtue de rouge, il ne peut qu'en être émerveillé. La photographie rivalise de délicatesse et de beauté avec la peinture. La jeune fille, la barque posée sur les galets, les falaises blanches et la mer sont arrachées toutes ensemble à la course du temps, placées hors de ses atteintes en un lieu qui préserve à jamais le doux grain de la peau, l'intégrité d'une chair sanctifiée, la jeunesse.

Peut-être Rista M. nourrit-il alors l'illusion que la courte parenthèse ouverte dans sa vie par la guerre vient de se refermer pour toujours. Il cesse de le croire quand, malgré l'incroyable amateurisme des préparatifs, Gavrilo P. parvient miraculeusement à tirer sur François-Ferdinand parce que l'archiduc, aveuglé par les trompeuses puissances du destin, s'est efforcé toute la journée de rattraper la mort qui s'acharnait pourtant à le fuir dans les rues de Sarajevo. Les conspirateurs sont repêchés dans la Miljacka, arrêtés dans la rue. Ils vomissent de la bile et du cyanure périmé sur les uniformes des policiers qui les ceinturent.

Rista M. revient précipitamment en Serbie. Il sait maintenant que le pire est à venir. Il a peur de ne jamais revoir les siens. Il se rend à Šabac pour les embrasser mais il arrive trop tard et n'y trouve que sa mère. Tous ses frères ont déjà été mobilisés. Il ne pense plus aux sportifs célèbres, aux princesses menées à l'autel dans leurs blanches robes de vierges ou à la délicate et noble courbure de l'échine des lévriers. Il passe à Belgrade de bureau en bureau pour obtenir le droit de se rendre sur le front afin d'y prendre des photos car c'est seulement ainsi, il en est persuadé, qu'il se rendra utile. Il est accrédité. Il photographie tout, l'enthousiasme de la mobilisation, les colonnes de réfugiés, deux cavaliers qui passent nonchalamment près d'un cadavre hongrois à moitié fondu dans la boue, Šabac en ruine avec son église brûlée, la bataille du Cer, celle de la Kolubara que les troupes serbes franchissent sur des ponts de fortune, les victimes du typhus. Peut-être croise-t-il John R. qui, chassé du front occidental pour avoir, dans un moment d'enthousiasme, tiré vers les tranchées françaises pour essayer le Luger P08 flambant neuf qu'un affable officier allemand lui a prêté, arpente désormais les Balkans en tous sens, de Salonique à Belgrade, de champ de bataille en cabaret, en compagnie d'un dessinateur canadien, ivre comme lui de guerre et de *rakija*.

L'armée confie à Rista M. le soin de développer des pellicules trouvées sur des soldats autrichiens. Le révélateur fait d'abord apparaître des paysannes garrotées à un poteau, la pointe des pieds suspendue à trente centimètres du sol semblant encore y chercher vainement un appui, puis une forêt de gibets autour desquels les Autrichiens devisent tranquillement, le sourire aux lèvres. Rista M. découvre que, curieusement, les hommes aiment à conserver le souvenir émouvant de leurs crimes, comme de leurs noces, de la naissance de leurs enfants ou de tout autre moment notable de leur vie, avec la même innocence. L'invention de la photographie leur a donné l'irrésistible occasion de céder à ce penchant. L'idée qu'ils portent ainsi contre eux-mêmes le plus accablant des témoignages ne les effleure apparemment pas. Pourquoi devraient-ils s'en soucier ? Tout au long du siècle qui commence, ils prendront des photos de leurs victimes, abattues, pendues ou crucifiées le long d'une route d'Anatolie comme dans un jeu de miroirs multipliant à l'infini l'image du Christ, ils poseront eux-mêmes inlassablement au bord d'une fosse pleine de corps nus en Biélorussie, devant un alignement de têtes coupées au Congo ou, dans le camp de Jasenovac, aux côtés d'un prisonnier dont ils s'apprêtent à scier le cou. Ils poseraient de la même manière devant un monument célèbre, un trophée de chasse ou plus simplement à la fin d'un bon repas entre amis. Malgré les changements d'époque et de vêtements, les visages expriment toujours le même sentiment, non pas tout à fait la joie, mais quelque chose de plus futile et léger, la nonchalance, le bien-être insouciant.

À la fin de l'année 1914, Rista M. tient le registre des horreurs désinvoltes.

Il accumule les photos de supplices, il les classe, les annote. En 1916, elles seront exposées au Louvre et au Victoria Museum avant d'être envoyées aux États-Unis. La bestialité de l'ennemi est désormais documentée et chacun peut se repaître du spectacle tout en s'octroyant le luxe de l'indignation. Il n'est pas exclu qu'une exposition parallèle se tienne quelque part entre Budapest et Berlin.

En octobre 1915, la Bulgarie entre en guerre. Quelques semaines plus tard, la Serbie prise en tenailles s'effondre. L'armée, le gouvernement, le régent Alexandre, le vieux roi Pierre, allongé dans un chariot tiré par des bœufs, Rista M., son appareil photo et une troupe de réfugiés faméliques entament en plein hiver une longue retraite qui doit les mener, à travers les montagnes albanaises, jusqu'à la côte adriatique. Ils avancent dans la neige, franchissent à gué les eaux glacées de la Drin, les soldats se servent de leur fusil comme d'une béquille et, chaque jour, la colonne parsème de cadavres le chemin de son agonie.

Pour la première fois, Rista M. néglige la composition.

Tout est blanc. Il est impossible de distinguer les plans qui donneront l'illusion de la profondeur. Une sentinelle gelée s'est écroulée dans un monde qui ne compte plus que deux dimensions.

Un tout jeune garçon emmitouflé dans un tas de guenilles dirige vers l'objectif la clarté maladive de ses yeux bleus fascinés.

Un soldat s'appuie contre un arbre et fixe l'absence d'horizon.

Rista M. continue d'avancer. Il photographie la faim, la fièvre, les hommes résignés qui s'éloignent de la colonne pour s'asseoir à l'écart dans la neige dans un geste de lassitude et de soulagement. Il arrive enfin à Saint-Jean-de-Medua où la marine française recueille les rescapés pour les conduire à Corfou. Des hôpitaux de fortune sont installés sous des tentes que Rista M. visite. Un médecin stupéfait est assis près d'un homme nu, si maigre qu'on le dirait dépouillé de sa chair. Tous les détails du squelette sont visibles, comme sur une planche d'encyclopédie médicale. Sous la cage thoracique, le ventre a disparu et on jurerait que les organes internes ont disparu eux aussi. La circonférence de la cuisse n'excède pas celle du fémur. Des rotules énormes distendent la peau du genou. Le sommet de l'os iliaque pointe au bas du dos. Mais le visage demeure étonnamment humain, empreint de résignation mélancolique. Rista M. déclenche son appareil. Il ne cherche pas le meilleur point de vue. Il veut simplement garder la trace de ce qui s'est passé ici. Au dos de la photographie, il note : *Mort quinze minutes plus tard.*

Au fil des jours, Rista M. retrouve le sens de la composition. Sa santé s'améliore sans doute, il mange à sa faim, il reprend goût à l'harmonie et l'horizon est à nouveau visible.

Au loin, on voit mouiller des navires de guerre. Au premier plan, une barque s'éloigne du quai pour gagner le large avec, à sa proue, un homme debout, les mains sur les hanches, qui se retourne vers le photographe. À la poupe, un deuxième homme, de dos, tient une rame. La barque déborde d'un enchevêtrement de cadavres. Les morts sont trop nombreux pour pouvoir être enterrés et les eaux bleues de la Méditerranée leur tiendront lieu de cimetière. Des traits de fusain rehaussent le mouvement des vagues, les ombres et la coque des navires. Rista M. fait de nouveau signe vers la peinture. Il sait faire apparaître le contenu intemporel de l'instant. Les deux hommes deviennent les passeurs du Styx et l'on imagine que la bouche de chacun des défunts qu'ils transportent s'est refermée sur une obole d'argent.

> *Délivre-les de la gueule du lion, que le Tartare ne les engloutisse pas et qu'ils ne chutent point dans l'obscurité.*

À la fin de la guerre, il s'installe à Belgrade. Son pays a changé de nom, comme il le fera encore à de nombreuses reprises. C'est désormais Pierre Ier, par la grâce de Dieu et par la volonté du peuple, roi des Serbes, Croates et Slovènes qui délivre un passeport rédigé en serbo-croate et en français à M., Rista, trente-quatre ans, journaliste, taille moyenne, visage long, cheveux châtains, yeux bleus, nez régulier, bouche et moustaches régulières, qui deviendra en 1929 sujet d'Alexandre Ier, roi de Yougoslavie. Il travaille au service de presse du ministère des Affaires étrangères avant de fonder sa propre agence. Il photographie la famille royale, des princesses jouant à la poupée, le dauphin, le roi Alexandre s'avançant à cheval dans le clair-obscur d'un sous-bois. Il s'essaye à la couleur, aux mouvements de la vie dans les parcs et les rues de Belgrade.

En 1930, il assiste à l'inauguration du monument sur le socle duquel est gravée cette phrase : *Aimons la France comme elle nous a aimés.*

En 1934, alors qu'il sait désormais que les parenthèses ne se referment jamais, il couvre la visite de Göring à Belgrade. Il continue pourtant à prendre des photos, impeccablement composées, de la vie quotidienne et du bonheur domestique. Peut-il y voir autre chose qu'un long défilé d'ombres et de fantômes ? Il ne veut en tout cas s'intéresser à rien d'autre. Il n'accompagne pas Alexandre en France.

Il n'entend pas les coups de feu, le hennissement des chevaux, les cris de la foule sur laquelle des policiers paniqués déchargent leurs armes. De nombreux photographes regardent le roi dont il fit si souvent le portrait se vider de son sang dans la voiture officielle arrêtée sur la Canebière mais Rista M. ne se trouve pas parmi eux.

Il apprend que la guerre civile vient de commencer en Espagne.

Un an plus tard, alors qu'il suit les couples de promeneurs sur les bords de la Save, dans l'immeuble de la Loubianka, un fonctionnaire du NKVD qui ne considéra sans doute jamais la photographie comme un art regarde défiler quotidiennement devant son objectif tous ceux et celles qui se savent promis à la mort ou à la déportation vers la Kolyma. Il archive soigneusement tous leurs portraits sur lesquels il inscrit leur prénom, leur patronyme et leur nom de famille. Z., Alekseï Ivanovitch, B., Anna Moisseïvna, B., Evguenia Iouzefovna, V., Elizaveta Alekseïevna, M., Ossip Emilievitch, V., Vladimir Nilovitch, ils ont quarante, seize, vingt ou soixante-douze ans, ils sont poètes ou illettrés, charpentiers, ouvrières, retraitées, prêtres orthodoxes, traductrices. On lit dans leurs yeux la colère, l'ironie, la terreur, le défi, l'accablement ou la sidération, mais peu importe la diversité de leurs réactions individuelles, car, en accomplissant sa fastidieuse tâche administrative, le fonctionnaire du NKVD, sans même le vouloir, rend tangible la présence de la mort qui s'est installée en chacun d'eux et contre laquelle ils ne songent même pas à lutter. Ils font tous face à la même chose qui n'est ni l'appareil photo ni le fonctionnaire qui le manipule et prendra sans doute bientôt leur place mais un visage indescriptible dont les traits monstrueux leur ont déjà pétrifié le cœur. Dans leur silence de pierre, c'est comme s'ils répétaient tous les mêmes mots, des mots écrits dans son carnet en grandes capitales hésitantes par le petit Mark Salomonovitch N. au moment de l'arrestation de ses parents : *Maman Papa Liouka Izia nous sommes morts nous tous c'est comme ça.*

> *Mais que saint Michel portant ton étendard les conduise dans la lumière sainte.*

C'est comme ça. Il faut oublier les images de la vie, laisser derrière soi les couples d'amoureux alanguis dans le parc du Kalemegdan. C'est à nouveau une autre guerre, la quatrième à emporter Rista M. Le 27 mars 1941, il participe à la manifestation contre le traité que le régent Paul vient de signer avec les puissances de l'Axe. Le régent s'enfuit. Le 6 avril, les Allemands lancent l'opération Châtiment. Rista M. court dans Belgrade bombardée, il photographie le retour de la mort, les immeubles éventrés, les tramways froissés comme des jouets de papier, les corps étendus le long de la Knez Mihailova. Il démissionne quand Milan N. devient Premier ministre du gouvernement de salut national. Il continue à prendre des photos en secret. Il est recherché. Il passe à la clandestinité. En 1943, il échappe à trois hommes qui le poursuivent en se cachant dans une maison. Il ne peut pas s'empêcher de les prendre en photo par l'embrasure d'une fenêtre. Il attend que les trois hommes soient correctement positionnés dans le cadre, ni trop près, ni trop loin les uns des autres, et quand l'un d'eux se tourne brusquement sur le côté dans une intéressante rupture de symétrie, il appuie sur le déclencheur. Au dos de son tirage personnel, il note : *Collaborateurs à la recherche de l'auteur de cette photo pour le fusiller.*

À Zagreb, au même moment, Curzio M. est reçu par le dirigeant de l'État indépendant de Croatie qui lui montre avec émotion le précieux cadeau reçu de ses Oustachis, un saladier rempli d'yeux arrachés. S'il n'est pas prudent d'accorder une foi trop littérale au témoignage de Curzio M., on ne peut qu'admirer le talent qu'il déploie pour condenser la multiplicité de situations complexes en une seule inoubliable parabole.

En avril 1944, ce sont les Alliés qui lâchent leurs bombes.

En octobre, l'Armée rouge entre dans Belgrade. Rista M. photographie les scènes de liesse, les rires et les bouquets de fleurs, et son fils qui court dans les jambes des soldats soviétiques à côté d'un énorme char JS-2. Mais il sait que la joie des foules n'est complète que dans le sang et parce qu'il est photographe et que son métier exige de lui qu'il conserve la trace de tout ce qui s'est un jour passé ici, il photographie aussi les lynchages et les exécutions sommaires. Un partisan l'aperçoit, court vers lui et casse son appareil. On confisque toutes les photos litigieuses. De la libération de Belgrade, il ne peut conserver que les fleurs, le sourire des femmes, le visage affable et fraternel des soldats de l'Armée rouge et l'image de son fils courant près d'un tank.

Dans la nouvelle république fédérative populaire de Yougoslavie, il reprend son agence. Il ne donne pas de cours de peinture ou de dessin mais de photojournalisme.

En 1955, à soixante-dix ans, il prend sa retraite.

Quand il meurt en avril 1969, les États-Unis sont en guerre au Viêtnam, et cela fait neuf ans que Rista M. n'a plus pris la moindre photo. Nous ignorons les raisons de ce brusque et total renoncement. Il est peu probable que l'âge en soit la cause. Peut-être Rista M. a-t-il fini par se dégoûter de ces images qui n'égaleront jamais la peinture parce que, finalement, ce n'est pas en tant qu'art que la photographie donne la mesure de sa puissance. Son domaine n'est pas celui des beautés éternelles. Elle tranche le cours du temps comme la Moire implacable et cela, elle seule a le pouvoir de le faire. S'il en est bien ainsi, Rista M., devenu vieux, a dû prendre conscience qu'il s'était fourvoyé toute sa vie sur un chemin qui n'était pas le sien.

Mais peut-être s'est-il simplement arrêté parce qu'à ses yeux il ne restait plus rien à photographier dans le monde épuisé qui l'entourait. Tout avait été dit, répété jusqu'à la nausée dans un insupportable bégaiement. Il n'est même pas impossible qu'il ait, au seuil de la mort, regretté de ne pas s'être arrêté bien plus tôt, à Corfou, à la fin du mois de décembre 1915. Car en 1969, il ne peut plus ignorer que ce jour-là, sous la tente d'un hôpital de campagne, au bord du cimetière bleu de la Méditerranée, il n'a pas seulement pris la photo d'un soldat famélique à l'agonie mais qu'il a capté une fois pour toutes, en une seule image saisissante, le visage du siècle.

Comme Tu l'as jadis promis à Abraham et à sa semence.

Sanctus

8

(Gardes-frontières est-allemands ouvrant une brèche dans le mur, Berlin, 1989)

Quand Pascal B. fut arrêté pour la troisième fois en mars 1989, Antonia ne courut pas se réfugier contre l'épaule de son oncle. Elle sut immédiatement qu'elle ne pourrait supporter ni l'attente, ni les regards de compassion jouissive. Elle sut aussi qu'elle était engagée dans un cycle sans fin qui ne la libérerait jamais, comme si elle tournait en orbite autour d'une planète incroyablement massive. La vie qui l'attendait répéterait celle qu'elle avait déjà vécue. Pascal B. serait mis en prison, et puis il sortirait de prison, et on l'y mettrait à nouveau, encore et encore, et elle serait là à l'attendre, de plus en plus vieille et désabusée, jusqu'à ce qu'il soit trop tard. Sur sa pierre tombale, on ne graverait pas son nom mais plus sobrement "La femme de Pascal B." et ce serait justice parce que le centre de gravité de son existence aurait toujours été situé hors d'elle-même. Il lui serait bien évidemment interdit de se plaindre de l'égoïsme de son amant. Qui pourrait qualifier d'égoïste quelqu'un qui a accepté de sacrifier sa vie et sa liberté à une cause politique ? Il n'y aurait rien à faire si ce n'est profiter de la présence de Pascal B. pendant ses moments de liberté. Mais cette présence même était tout à fait intermittente, surtout depuis qu'Antonia vivait à Ajaccio. Elle le voyait deux ou trois fois par semaine, elle ne savait jamais quand, il la prévenait le jour même, il appelait parfois avant de débarquer chez elle en pleine nuit et elle avait souvent senti sur sa peau de louches relents de parfums féminins. L'appartenance de Pascal B. à une organisation clandestine offrait quelques avantages pratiques. Il n'était jamais censé dire où il était, ni ce qu'il faisait, ni avec qui et on ne pouvait guère douter qu'il profitait de cette obligation professionnelle de secret pour se livrer à des activités qui n'avaient que peu de rapports avec le colonialisme français et la Lutte de libération nationale. Elle ne lui en voulait pas. Elle le connaissait, comme elle connaissait tous les garçons avec qui elle avait grandi et pour lesquels la gent féminine se divisait le plus simplement du monde en deux catégories non seulement distinctes mais d'une inaltérable étanchéité : celle des femmes respectables et celle des femmes qui ne l'étaient pas. La compagne officielle faisait évidemment partie de la première où elle côtoyait les mères, les tantes et les sœurs. Toute autre représentante du sexe féminin appartenait à la seconde au sein de laquelle il était loisible de choisir une partenaire occasionnelle sans que cela prête à conséquence. Et s'il convenait de dissimuler ces brèves liaisons adultères, ce n'était pas qu'on en éprouvât du remords ni même qu'on leur accordât la moindre signification morale mais pour préserver la compagne ou l'épouse dont on n'attendait pas qu'elle comprît et encore moins qu'elle validât une vision si subtilement dichotomique du monde. Plus trivialement, cela permettait de s'éviter bien des ennuis. Tout cela, Antonia ne le savait que trop bien pour l'avoir accepté pendant longtemps. Elle n'en éprouvait pas de réelle jalousie mais seulement de l'agacement devant la naïveté des cachotteries permanentes et puis aussi un peu de dégoût, comme si on la forçait à se coucher dans la moiteur de draps douteux.

Elle n'écrivit pas à Pascal B., elle ne lui envoya aucune photo. Elle demanda un permis de visite qu'elle obtint au bout de quelques semaines. Pour la première fois de sa vie, elle pénétrait dans une prison. Elle avançait derrière un gardien dans la saleté d'immenses couloirs peints en jaune et chaque claquement de serrure la faisait tressaillir. Pascal B. l'attendait au parloir. Il était souriant. Il ne se plaignit pas de l'absence de lettres. Elle était heureuse de le voir, même dans ces lieux immondes, et elle eut peur de ne pas réussir à lui parler comme elle l'avait prévu. Il lui prit la main.

Ils n'ont rien, tu sais. Ça va encore finir par un non-lieu, il ne faut pas que tu t'inquiètes. Je vais sortir.

Bien sûr, dit-elle. Tu vas sortir. Mais dans combien de temps ?

Il haussa les épaules.

Quelques mois, un an, je ne sais pas. Ils ne se pressent pas, tu sais, les juges d'instruction.

Elle se pencha vers lui et lui dit avec douceur : Pascal. Je ne vais pas t'attendre. Cette fois, je ne vais pas t'attendre.

Il se raidit sur sa chaise.

Tu es venue ici pour me dire ça ? Ici ?

Oui, je suis venue ici pour te dire ça. Tu aurais préféré que je t'écrive ?

Il baissa les yeux sans lui répondre. Elle rassembla tout son courage et ajouta qu'elle l'aimait encore mais elle ne voulait pas de cette vie-là et elle savait qu'il ne servait à rien de lui demander, à lui, de renoncer à la sienne, et même si ça servait à quelque chose, elle ne le ferait pas, elle ne voulait pas qu'il renonce à quoi que ce soit pour elle et qu'il finisse par lui en vouloir mais si elle continuait comme ça, c'est elle qui lui en voudrait, en vérité, elle lui en voulait déjà, à cause de la vie qu'il lui imposait malgré lui et qu'elle refusait, elle ne pouvait pas attendre qu'il sorte pour lui dire ça, elle ne pouvait pas jouer la comédie pendant des mois, ou une année entière, ou plus longtemps encore, et elle avait préféré venir le lui dire tout de suite.

Il releva les yeux vers elle.

Je vais rentrer dans ma cellule, murmura-t-il et il appela le gardien.

Elle lui retint la main alors qu'il se levait lentement de sa chaise, Pascal, attends encore, elle parlait à toute vitesse, je ne suis pas forte, je ne peux pas supporter ça, mais je ne t'abandonne pas, je ne t'abandonnerai jamais, je serai toujours là pour toi, tu verras, je ne t'abandonne pas, il faut que tu saches, tu pourras compter sur moi encore plus que si je – mais il était maintenant debout face à elle. Il ne voulait plus l'entendre. Je vais rentrer dans ma cellule. Il lui tourna le dos et suivit le gardien. Elle détestait le voir souffrir à cause d'elle. Elle détestait encore davantage les efforts qu'elle faisait malgré elle pour se donner bonne conscience. Elle rentra en Corse chargée du poids d'une faute qu'elle refusait de se rendre plus légère.

Quand Madeleine O. apprit la rupture, elle prit la peine de faire la route jusqu'à Ajaccio pour aller voir Antonia dans les locaux de l'agence.

C'est dégueulasse ce que tu as fait. Ne t'avise plus de m'adresser la parole.

Madeleine parlait sur le ton de la vertu outragée, comme si sa propre conduite avait toujours été irréprochable et ne pouvait en aucun cas remettre en cause sa légitimité en tant qu'autorité morale. Antonia en demeura plus admirative que blessée.

C'est très drôle, Madeleine, lui répondit-elle, mais je n'ai pas vraiment le temps de rigoler, j'ai beaucoup de travail. Fous-moi le camp d'ici.

Le samedi suivant, elle alla passer deux jours au village chez ses parents. Son parrain s'efforçait de dissimuler son soulagement de la savoir enfin libérée de Pascal B. Il était assez intelligent ou délicat pour comprendre que toute manifestation de joie et, *a fortiori*, toute critique de l'amant éconduit seraient accueillies sans bienveillance par Antonia. Il se contenta donc de la traiter avec un regain d'affection.

Il était bien le seul.

Assise à la terrasse du bar devant un café qu'elle avait laissé refroidir, elle avait l'impression d'être devenue un spectre hantant une maison dans l'indifférence complète de ses occupants. Aucun de ses amis ne lui disait bonjour. Aucun ne consentait à croiser son regard. Elle aurait pu partir. L'orgueil la maintint assise à sa place. Elle n'avait à se justifier devant personne, encore moins à se sentir honteuse. En fin d'après-midi, Simon T. arriva. Elle s'attendait à ce qu'il passe devant elle en faisant mine de ne pas la voir mais il l'embrassa et s'assit à ses côtés. De l'intérieur du bar, Jean-Joseph C. lui lança un regard de reproche que Simon soutint sans ciller avant d'entamer une conversation amicale avec Antonia. Au moment de rentrer chez ses parents, elle lui posa une main sur l'épaule et lui dit merci. Il tressaillit et marmonna quelque chose de parfaitement inintelligible. Elle comprit seulement alors que les sentiments de Simon à son égard n'étaient pas simplement amicaux. Ce garçon était amoureux d'elle et il fallait vraiment qu'elle soit stupide, aveugle ou suprêmement indifférente pour ne pas avoir vu plus tôt ce qu'il dissimulait si maladroitement car il était sans doute amoureux d'elle depuis très longtemps, peut-être pas depuis l'époque où ils dansaient ensemble une parodie de tango à la fête du village, mais quand même depuis très longtemps, voilà pourquoi il était si sensible à tout ce qu'elle lui disait, et si facilement blessé, voilà pourquoi il n'avait pas résisté à la ridicule tentation de se faire reconnaître dans le fourgon, non parce qu'il était vantard – comme l'étaient la plupart des militants du FLNC qu'elle connaissait et qui ne pouvaient s'empêcher de faire à qui voulait l'entendre, notamment à de parfaits inconnus, le récit d'exploits dont il n'était pas même sûr qu'ils fussent les auteurs si bien que ce déversement ininterrompu de confessions spontanées devait compliquer le travail de la police davantage que n'aurait pu le faire une hypothétique *omertà* – mais parce qu'il était amoureux, amoureux et désespéré, car il savait bien que les filles étaient depuis toujours promises à des garçons plus âgés avec lesquels il était d'autant plus inconcevable d'entrer en compétition qu'il les admirait au-delà de toute mesure, à commencer par Pascal B., qu'il admirait encore plus que les autres au point de lui vouer un culte, ce qui ne lui laissait pas d'autre choix que de croupir misérablement dans le secret de son amour impossible, sans aucun espoir d'en faire un jour l'aveu, d'autant qu'Antonia, en rompant avec Pascal B. pendant sa détention, avait rendu plus inviolable encore le tabou qui pesait sur elle et la rendait définitivement inaccessible. Antonia soupçonnait que son inaccessibilité, loin de constituer une entrave à l'amour importun dont elle faisait l'objet, en était au contraire la cause principale, peut-être unique. Ce n'était pas elle mais "la femme de Pascal B." qu'aimait Simon, c'est-à-dire, au fond, Pascal B. lui-même. Rien de tout cela n'était particulièrement flatteur. Au moins n'avait-elle pas à craindre que Simon ne devienne entreprenant et ne la contraigne à une pénible mise au point risquant de la brouiller avec la seule personne qui ne la traitait pas comme une lépreuse.

Deux semaines plus tard, elle reçut une lettre stupéfiante de Pascal B. Il la comprenait, il la comprenait très bien, même si, bien sûr, il ne lui était pas facile de renoncer à elle. Toutes ces années avaient sans doute été douloureuses pour elle, même s'il n'avait jamais pris la peine d'y penser, ce dont il voulait s'excuser, et elle avait le droit de désirer un autre avenir, il avait été en colère contre elle mais c'était fini, maintenant, il n'avait rien à lui reprocher, il n'avait, en vérité, jamais rien eu à lui reprocher et surtout, il lui faisait confiance, il savait qu'il pourrait continuer à compter sur elle, malgré leur séparation, plus que sur n'importe qui d'autre, et quand il pensait à ça, il était presque heureux et il avait hâte de sortir et de la revoir. Cette fois, Antonia dut retenir des larmes d'amour et de gratitude. Pascal B. était le seul à pouvoir la soulager du fardeau qu'elle portait et jamais elle n'aurait imaginé qu'il le ferait. Sa bonté était immense, quelque peu rugueuse et pudique, certes, mais immense. Ses mouvements de colère ne duraient jamais longtemps, elle aurait dû le savoir. En 1979, quand il avait filé cette raclée au touriste qui avait renversé son café, dès le lendemain, il était redescendu en ville, seul, pour retrouver sa victime et lui présenter ses excuses. Il ne l'avait avoué à personne, pas même à ses plus proches amis qui avaient le plus grand mal à distinguer la bonté de la faiblesse, et il avait attendu des années pour raconter à la seule Antonia comment il avait parcouru la ville dans tous les sens pendant une après-midi entière, écumant les plages et les glaciers et tous les lieux qu'appréciaient généralement ces abrutis de touristes, mais en vain, car le type demeurait introuvable, il se terrait peut-être au fond d'un camping d'où il ne sortirait pas avant la date de son retour de vacances et Pascal B. était sur le point de renoncer quand il l'avait aperçu en train de sortir de l'école de voile et il l'avait appelé en faisant de grands signes et en courant vers lui, ce qui n'était sans doute pas une bonne idée parce que l'autre, se méprenant sur le sens de ce louable élan de repentir, s'était mis à courir presque aussitôt lui aussi avec une telle célérité qu'il avait été impossible de le rattraper. Bien sûr, Pascal B. avait le caractère un peu vif et, dès qu'il eut repris son souffle, il avait pesté derechef contre le touriste dont l'ingratitude ne lui avait pas permis de faire amende honorable et qui pouvait, par conséquent, pour citer des termes qu'Antonia se rappelait très bien, aller directement se faire enculer. En dépit de sa conclusion décevante, cette histoire en disait long sur la bonté de Pascal B.

Antonia regretta de l'avoir quitté. Elle était sur le point de lui répondre qu'elle avait été folle, qu'elle voulait rester avec lui. Elle se laissait dériver sans forces dans l'espace se rapprochant dangereusement de la grande planète lointaine, à la limite extrême de son champ de gravitation. Elle imaginait le retour de Pascal, la chaleur de leur étreinte, le matin du premier réveil quand elle sentirait sa présence à ses côtés dans le lit défait. Elle s'attardait sur cette image, en rendait les détails plus précis jusqu'à ce que la précision fût suffisante pour rompre le charme du mensonge. Antonia ouvrirait les yeux, il serait là, mais, passée l'ivresse des retrouvailles, en ce premier matin, elle comprendrait qu'elle venait de retomber dans le piège dont il lui avait été si difficile de s'extirper et que tout allait recommencer, non comme elle venait de l'imaginer, mais exactement comme avant, avec la même indolence implacable, toxique et terriblement réelle. Elle lui préparerait son café, elle serait brusquement ramenée en arrière et elle s'enfoncerait dans l'angoisse comme dans des sables mouvants. Il ne fallait pas que ça arrive. Il ne fallait pas. Quand elle le reverrait, elle devrait résister, se méfier d'elle-même, ne pas compter sur une lucidité fluctuante. Non, à l'évidence, elle ne pourrait pas compter sur elle-même. Ses résolutions les plus fermes n'auraient jamais que l'inconsistance versatile de la pensée. Quelque chose de plus serait nécessaire mais elle ne savait pas quoi.

Le soir même, dans un piano-bar du port où elle avait suivi des collègues du journal, elle accepta les avances d'un type qui n'avait jamais entendu parler de Pascal B. Il la ramena chez lui. Elle était curieuse de toucher enfin la peau d'un autre homme. Ce fut assez décevant. Alors qu'elle se rhabillait, il lui demanda de rester dormir avec lui. Certainement pas, répondit-elle. Quand elle revint au village, deux semaines plus tard, tout le monde lui dit timidement bonjour. Depuis sa prison, Pascal B. avait manifestement donné des consignes que personne ne songeait à contester. Madeleine, suivie de Lætitia, revint la voir, à la terrasse du bar, l'air penaud.

Écoute, Antonia, vraiment, je suis…

Antonia, magnanime, lui épargna l'humiliation des excuses.

Parlons d'autre chose. Asseyez-vous.

Elles s'assirent mais personne ne parla. Antonia souriait bien que quelque chose fût définitivement brisé. En un sens, elle plaignait Madeleine de n'éprouver de sentiments que par conformisme ou sur ordre mais, avant tout, elle la méprisait de tout son cœur. Ce n'était pas grave. Après tout, on ne choisissait pas davantage ses amis que sa famille. L'arrivée de Simon, que la réconciliation générale rendait euphorique, détendit un peu l'atmosphère. Ils commandèrent à boire. Madeleine et Lætitia redevinrent tout à fait affectueuses avec une sincérité d'autant plus pitoyable qu'elle ne pouvait être mise en doute. Antonia aurait estimé davantage leur hypocrisie. Simon annonça qu'il devait se rendre à Ajaccio dans quelques jours et suggéra d'un air détaché à Antonia qu'ils pourraient peut-être en profiter pour boire un verre ensemble.

Elle le considéra avec intérêt.

La solution de son problème se tenait devant elle en cet instant même. Non pas une pensée vaporeuse mais un acte simple, impardonnable, définitif. Il fallait qu'elle couche avec Simon. Une seule fois suffirait. Si elle y parvenait, elle dresserait entre elle et Pascal B. un mur infranchissable. Elle n'aurait même pas besoin de le lui dire au risque de le blesser atrocement et de le voir disparaître complètement de sa vie, ce qu'elle redoutait plus que tout, il lui suffirait de savoir ce qu'elle avait fait et elle résisterait, quelle que fût la puissance de la tentation, elle n'aurait, en fait, pas même à résister : tout retour en arrière serait devenu objectivement impossible. Et Simon, bien sûr, ne dirait rien lui non plus. Restait à convaincre le principal intéressé – ce qui, d'après Antonia, ne devait pas présenter de difficultés insurmontables, l'issue d'un combat entre le désir et la loyauté étant rarement incertaine.

C'est une très bonne idée. Appelle-moi quand tu es à Ajaccio, dit-elle à Simon.

Évidemment, il l'appela. Ils dînèrent ensemble et Antonia l'emmena dans un cabaret où les risques de croiser des militants nationalistes en quête de rumeurs à colporter étaient négligeables. À trois heures du matin, Simon la raccompagna chez elle.

Tu veux monter boire un verre ?

Il eut l'air stupéfait.

Quoi ?

Tu veux monter boire un verre ? dut-elle répéter.

Je préfère pas, dit-il.

Pourquoi ? Qu'est-ce qu'il y a de mal à ça ? On n'est pas amis ?

Il en convint en donnant tous les signes de l'embarras le plus extrême. Elle le prit par le bras.

Alors, si on est amis, monte boire un verre, je n'ai pas sommeil et je ne veux pas boire un verre toute seule.

Peut-être Simon réussit-il en montant les escaliers à se persuader qu'elle disait la vérité, qu'elle voulait simplement boire un verre avec un ami et qu'elle ne le mettait pas volontairement en situation de commettre une infamie mais, dès qu'ils eurent franchi le seuil, elle le détrompa en se jetant dans ses bras. Il la repoussa avec une spontanéité horrifiée qui la vexa terriblement. Ainsi donc, il arrivait que la loyauté se montrât plus forte que le désir. Ça n'arrive presque jamais, pensa Antonia, c'est de notoriété publique, mais, à moi, il faut que ça arrive, parce que je suis la femme de Pascal B., car c'était à cause de Pascal B. qu'on la désirait, c'était aussi à cause de Pascal B. qu'on la repoussait, elle se sentait humiliée et en colère, le plan qu'elle avait élaboré lui était complètement sorti de l'esprit, elle oubliait que, sans Pascal B., elle n'aurait jamais fait monter Simon chez elle et, pour la première fois de sa vie, elle pensa avec une sorte de haine à celui qui avait pris et continuait à prendre toute la place dans sa vie au point de la rendre invisible, pourquoi ? demanda-t-elle à Simon, pourquoi ? Tu n'en as pas envie ? et en posant cette question, elle réalisa combien elle-même en avait envie mais Simon reculait vers la porte, il tremblait, il secouait la tête, bien sûr que j'ai envie, mais je ne peux pas faire ça, mon Dieu, tu sais bien que je ne peux pas, pourquoi ? cria Antonia, elle le saisit aux épaules, fit monter les mains le long de son cou jusqu'à son visage, j'ai trop bu, pensa-t-elle, mais elle voulait qu'il la regarde et que se dissipent toutes les ombres que Pascal B. projetait dans la pièce afin que Simon la voie, elle, seulement elle, c'était tout ce qu'elle voulait, et il finit par la voir. Le lendemain matin, quand elle se réveilla, Simon était allongé près d'elle en position fœtale et sanglotait comme un enfant. Elle essaya de le consoler, se serra contre lui, le couvrit de baisers sur le front, les épaules, la joue, elle se voulait chaste et compatissante mais elle frémissait encore du plaisir inconnu qui l'avait dans la nuit saisie corps et âme et plus elle embrassait Simon, plus ses baisers se faisaient troubles, insistants et profonds. Elle le fit basculer sur le dos et se hissa sur lui et quand il referma les bras, ses yeux étaient encore humides mais il ne pleurait plus. Ils restèrent au lit toute la matinée. Simon alla prendre une douche. Quand il sortit de la salle de bains, Antonia, toute nue, allumait de l'encens et une bougie. Il la trouvait si belle. Elle lui souriait par-dessus la flamme dansant alors avec grâce comme danse aujourd'hui celle du cierge qui n'illumine pourtant aucun sourire. Simon a beau fixer cette flamme de toutes ses forces, le visage d'Antonia n'apparaît pas. Son cœur n'était pas débordant d'amour. Ce n'est pas vrai, même si son parrain s'évertue à le croire. Il ne débordait en tout cas pas d'amour pour Simon. Depuis cette nuit passée ensemble en avril 1989, elle n'a cessé de le traiter ni plus ni moins comme de la merde. Ce jour-là, il est rentré au village dans un état de transes où la plus pure félicité se mêlait à la douleur de remords insoutenables. Sa trahison l'écrasait, elle était trop grande pour lui, si grande que l'amour même ne pouvait la rédimer. Mais l'amour pouvait au moins fournir une explication car c'était bien d'amour qu'il s'agissait et il était sûr qu'il reverrait bientôt Antonia. Il a attendu qu'elle appelle et elle n'a pas appelé. Quand, n'y tenant plus, il a décroché son téléphone, elle lui a répondu d'un ton guilleret, comme s'il ne s'était rien passé. Il a eu l'impression de basculer dans l'abîme. Il n'y avait pas d'amour, pas la moindre trace. Il avait trahi tout ce qu'il avait de plus cher pour ce qui n'était rien de plus qu'une histoire de cul. Cette idée était insupportable. Il ne pouvait plus se regarder dans une glace. Il se réveillait en pleine nuit en mordant ses poings. Il a cessé d'appeler Antonia. Il la croisait au village. Elle ne lui faisait même pas l'honneur de se montrer mal à l'aise avec lui. Il aurait pu croire qu'il avait rêvé tout cela et, si cela avait été possible, il l'aurait cru avec un infini soulagement. En juin, elle lui a demandé de venir la voir à Ajaccio. Il croyait qu'elle allait tout lui expliquer mais, en guise d'explication, elle s'est à nouveau jetée à son cou avec une telle passion qu'une fois de plus, il a cédé. J'ai tellement pensé à toi, disait-elle, si tu savais, et elle le déshabillait, elle l'empêchait de dormir et puis elle posait les mains sur son visage et il sentait la pulpe de ses doigts lui caresser très doucement les paupières. Elle ne lui a plus donné signe de vie de l'été. C'était incompréhensible. Et puis elle l'a encore rappelé, fin septembre. Le mouvement nationaliste était agité de troubles qui allaient le mener à sa première scission. Simon passait son temps en réunions politiques. Il est allé la rejoindre quand même. Cette fois, il lui a demandé : pourquoi tu me fais ça ? Elle a eu l'air sincèrement désolée. Tu sais que je t'aime beaucoup, Simon, tu sais ça au moins ? Non, il ne le savait pas. Sa mère, quand le parrain d'Antonia l'a abandonnée comme une bête malade pour entrer au service d'un Dieu qui n'existe même pas, ne devait pas savoir non plus ce que les membres de cette famille entendaient exactement par le terme "amour", fût-il nuancé par un adverbe. J'aurais voulu que rien de tout ça n'arrive, lui a-t-il dit mais ce n'était pas vrai, aujourd'hui encore, ce n'est pas vrai, malgré la douleur, le gâchis, malgré la trahison et la peur d'être découvert et il se revoit encore, tremblant comme une feuille en accueillant Pascal B. qui vient de sortir de prison en 1990, juste avant que survienne l'explosion finale du mouvement auquel il a consacré sa vie, il se revoit scrutant avec angoisse le visage de Pascal qui lui sourit et le serre contre lui, oh, mon Simon ! il se revoit vomir au bord de la route et il se revoit, moins de deux semaines plus tard, le visage enfoui entre les jambes d'Antonia avec la même avidité désespérée que Judas recevant trente misérables deniers d'argent pour les disperser bientôt au pied de l'arbre auquel il va se pendre. Il ne s'est pas pendu. Sa trahison a continué de le brûler comme un ulcère. Et puis un jour, en 1991, après des mois de réunions stériles, d'amitiés transformées en haine inextinguible, d'insultes et de menaces de mort échangées par des militants enragés debout sur des chaises, alors qu'Antonia photographiait la guerre en Yougoslavie, Pascal B. a dit à Simon, tout ça finira mal, ça va être terrible et on va devoir vivre ça ensemble. Ses yeux se sont perdus dans le vide. Encore une chose qu'on aura à partager. Mais on en a déjà partagé beaucoup, pas vrai ? Et ses yeux ont plongé dans ceux de Simon assez longtemps pour que ne subsiste aucune ambiguïté sur ce qu'il voulait dire, ils ont plongé jusqu'à son cœur qui se liquéfiait et puis le visage de pierre de Pascal s'est éclairé d'un sourire. Dieu sait comment, il savait et Simon venait de recevoir la plus élégante des absolutions à laquelle il ne pouvait répondre que par le silence. Oh, mon Simon, a murmuré Pascal en détournant enfin le regard. Antonia a continué de l'appeler, après de longues périodes de silence, sans raison, sans ménagement. Quand elle lui a annoncé sa décision d'avorter, en 1993, il a protesté qu'il n'était pas d'accord, qu'ils devaient en discuter, mais elle lui a répondu que cela ne le concernait en rien et il lui a dit qu'elle cessait d'exister pour lui et qu'il ne voulait plus la revoir. Mais, bien sûr, il l'a revue. Il descendait en elle comme dans les eaux de la résurrection. Si elle n'était pas morte, il n'aurait jamais cessé de la revoir. Sans jamais rien comprendre. En novembre 1989, il est encore chez elle. La première scission, dont personne ne sait alors qu'elle en annonce une seconde, a été consommée un mois plus tôt. Il s'en plaint à Antonia. Elle se lève, toute nue, éclairée par la flamme des bougies et il en a toujours le souffle coupé. Attends, dit-elle. Elle fouille dans un tiroir et revient s'asseoir en tailleur près de lui.

Ça fait un mois que je m'occupe de ça. Ça, c'est les photos de l'assemblée générale de création du nouveau mouvement. Tu vois, j'y étais.

Simon regarde les photos sur lesquelles il reconnaît ses anciens amis. Elle lui en tend une autre.

C'est Berlin, il y a une semaine.

Un pan du mur a été découpé et poussé en avant. Par la brèche, on aperçoit trois jeunes gardes-frontières qui se tiennent très droits du côté est. La photo de Gérard M. est prise depuis le côté ouest, où s'agite une foule immense au milieu de laquelle on voit s'élever des dizaines d'appareils photos et de flashs cobra. Les jeunes gardes-frontières sont terriblement seuls derrière le pan de mur qui bascule. Ils n'ont pas l'air heureux, simplement saisis et incrédules.

Tu vois, Simon ?

Simon acquiesce.

Voilà ce qui se passe dans le monde en ce moment. À part vos petites disputes de cour d'école, je veux dire. Cette photo, évidemment, tu penses bien, ce n'est pas moi qui l'ai prise. Moi, je prends des assemblées générales à la con, avec cinquante types qui fondent un parti politique dont tout le monde se fout dans une salle des fêtes pourrie et disent que c'est historique.

Une fois de plus, elle se montre réellement méchante envers lui, mais peut-être surtout envers elle-même. C'est la première fois qu'elle aborde avec lui un sujet qui lui tient à cœur, même si Simon ne le sait pas. Il se souvient seulement qu'elle agite la photo sous son nez, toute nue, et que la bougie brûle sur la table de nuit. Il se souvient qu'elle est vivante. S'il tend la main, c'est sa chair qu'il rencontrera et non le bois du cercueil. De tous les chants de la messe de funérailles, le *Sanctus* est le seul dont les paroles ne subissent aucun changement parce qu'il n'y est pas question des hommes, de leur naissance et de leur mort, mais seulement du Seigneur, le Dieu des Armées. *Les cieux et la terre sont remplis de Ta gloire* – la caresse du bout des doigts sur les paupières, la pulpe de l'index. Simon regarde danser la flamme du cierge guettant toujours le sourire d'Antonia et il ferme les yeux. Dans la messe chantée aujourd'hui, telle qu'elle a été élaborée au cours des siècles dans un minuscule village du centre de la Corse, ce ne sont pas seulement les paroles du *Sanctus* qui sont immuables mais aussi sa mélodie si bien qu'en l'écoutant les yeux fermés, il est impossible de savoir si l'office auquel on assiste est celui des défunts ou celui des vivants.

Pater Noster

9

(Conférence de presse du FLNC, Tavera, 1990)

En août 1990, alors que les troupes irakiennes envahissaient le Koweït et que la Yougoslavie entamait déjà son lent processus de dissolution sanglante, Antonia se rendit sur les lieux d'un attentat à une cinquantaine de kilomètres au sud d'Ajaccio. Un complexe balnéaire avait été plastiqué mais certaines charges n'avaient pas explosé et quelques bâtiments demeuraient intacts. L'un d'eux était encore recouvert des avertissements que les commandos du FLNC inscrivent en grandes capitales pour prévenir d'éventuels badauds imprudents de l'imminence d'une explosion. Sur un mur, un militant d'humeur créative avait pris le temps d'encadrer le sigle de l'organisation clandestine d'une grosse fleur enfantine et d'une bombe toute ronde surmontée d'une mèche fumante. Juste en dessous, il avait écrit, prouvant ainsi qu'il n'était pas plus doué pour l'orthographe que pour les arts plastiques : DANJÉ MINÉ ! L'hypothèse charitable d'une erreur d'inattention n'était malheureusement pas recevable car on retrouvait la même inscription à plusieurs endroits dans la même graphie aberrante. Antonia photographia le mur ainsi décoré et les tas de gravats à l'arrière-plan.

Le lendemain, la photo fit la une du journal.

Quelques heures après la parution, Antonia reçut un coup de téléphone de Pascal B.

Il faut que je te voie. Je suis au bar, juste en bas, je t'attends.

Elle l'avait à peine rejoint qu'il lui faisait part de ses griefs. Il la soupçonnait d'être sciemment malveillante. N'y avait-il rien d'autre à photographier ? Se rendait-elle compte qu'elle les faisait passer non seulement pour des demeurés mais en plus pour des analphabètes ?

Je ne sais pas si le type qui a écrit ça est un demeuré, mais ce qui est sûr, c'est que c'est un analphabète et je n'y suis pour rien.

Elle ajouta que le chef du commando, quel qu'il fût, s'était montré bien peu avisé en confiant un travail de rédaction, même sommaire, à l'analphabète en question.

Les murs ne sont pas censés rester debout ! protesta Pascal. Comment veux-tu que je pense à des trucs comme ça ? Et puis normalement, n'importe quel abruti est capable de faire un bombage, non ? C'est quand même pas la peine de leur faire passer des épreuves de sélection !

Et la fleur ? demanda Antonia.

J'ai pas fait attention, concéda Pascal. J'avais autre chose à penser. Et puis, je te répète, le mur, normalement, il y en a plus. Mais ce mange-merde de Xavier m'a entendu, crois-moi.

Antonia se mit à rire. Pascal ne riait pas. Ce n'était pas drôle. Elle ne se rendait pas compte. L'ambiance était détestable. On se dirigeait vers une scission de grande ampleur, bien plus grave que la précédente. Dieu savait comment ça finirait. Bien sûr, tout était la faute de l'autre camp, une bande de fourbes, de balances et de lâches prêts à tout qui, en ce moment même, devaient être en train de se régaler devant le cadeau inespéré que venait de leur faire Antonia, d'autant plus, précisa Pascal, que, normalement, les mongoliens, c'est eux ! Oh, ce con de Xavier ! J'aurais dû lui foutre une rouste, tiens !

Pascal avait l'air épuisé. Des cernes se creusaient sous ses yeux rougis. Antonia avait de la peine pour lui. Rien de ce qu'il ressentait ne pouvait la laisser indifférente.

Tu n'en as pas assez de tout ça, Pascal ?

Si, dit-il. Si, j'en ai assez. Mais qu'est-ce que tu veux que je fasse ? Je ne peux pas laisser ces salauds foutre en l'air vingt ans de lutte.

Antonia ne put s'empêcher de penser qu'au même moment, dans l'autre camp, quelqu'un dont les yeux étaient aussi cernés que ceux de Pascal devait penser exactement la même chose. C'était absurde. Mais elle ne dit rien.

Et toi, ça va ? demanda-t-il.

Oui, dit-elle, et c'était un mensonge.

Dans la prière que le Christ lui-même a enseignée aux apôtres, il est dit : *Pardonne-nous nos offenses comme nous pardonnons aussi à ceux qui nous ont offensés.* La phrase grecque originale, que conserve le texte de la liturgie en latin, devrait pourtant être traduite ainsi : *Remets-nous nos dettes comme nous les remettons aussi à nos débiteurs.* Cette distorsion flagrante s'explique peut-être par la répugnance que nous inspire l'image d'un Dieu se livrant à de sordides calculs de comptabilité. C'est au fond sans importance. Car les hommes qui récitent cette prière traitent les offenses comme les dettes : ils ne remettent pas plus les unes qu'ils ne pardonnent les autres. Au moment où Antonia discutait avec Pascal, les deux camps du mouvement nationaliste inscrivaient scrupuleusement dans leurs livres de compte chaque offense, chaque manquement, chaque parole insultante, chaque menace qui tous attendaient d'être remboursés plus tard, avec les intérêts afférents, en monnaie de sang.

En octobre 1990, le FLNC avisa la presse par son canal habituel de revendication qu'il allait tenir une conférence de presse. Elle eut lieu près du village de Tavera. Dans le fourgon qui l'y conduisait avec d'autres journalistes, personne ne s'adressa à Antonia. Sur place, elle fut surprise par le nombre extraordinairement élevé de militants présents. L'organisation clandestine semblait au complet. Les jeans, les treillis et les cagoules de laine qui donnaient aux conférences de presse de jadis une coloration de romantisme rural avaient disparu. Ils avaient été remplacés par des combinaisons noires à fermeture éclair et des cagoules de moto qui semblaient recouvrir de lisses visages de reptile aux grands yeux fluorescents. Antonia s'installa près du projecteur de l'équipe de télévision. Elle attendait qu'un des porte-parole de l'organisation assis au premier rang derrière une table commence la lecture du communiqué. À l'extrémité du troisième rang, presque en face d'elle, un militant fit un curieux signe de la main, comme pour dire bonjour. Elle le regarda attentivement et il fit signe à nouveau. Elle pensa d'abord à Simon T. mais la silhouette n'était pas la sienne. Elle prit des photos pendant que le porte-parole lisait d'une belle voix grave qu'il n'avait pas pris la peine de déguiser. Quand ce fut terminé, elle revint au militant et l'observa attentivement. Il portait un fusil de chasse et une arme de poing glissée sans étui dans sa ceinture, par-dessus la combinaison. Antonia reconnut le modèle. C'était un Luger parabellum P08, identique à celui que son arrière-grand-père avait ramené d'Allemagne en 1919, au retour de sa captivité, une antiquité conservée dans un placard, sous une pile de draps, avec les sachets de naphtaline. Il n'était pas impossible qu'un militant quelconque possède lui aussi une pareille pétoire mais c'était fort douteux, surtout quand ledit militant persistait à adresser à Antonia des coucous pathétiques. Elle dut donc admettre que celui qui se tenait à quelques mètres d'elle boudiné dans sa combinaison de ninja ne pouvait être que son frère Marc-Aurèle.

Oh, le salaud ! pensa-t-elle et Marc-Aurèle n'était pas la cible de son courroux.

Le lendemain, aux aurores, elle sauta dans sa voiture et partit au village à la recherche de Pascal B. Elle le trouva au lit, ce qui n'était pas étonnant : Tavera était à près de deux heures de route et il avait dû se coucher tard.

Tu as recruté mon frère ! hurla Antonia. Tu n'avais pas le droit de faire ça !

Pascal B. était encore trop ensommeillé pour trouver une parade efficace à la fureur d'Antonia. Il n'essaya pas de nier mais avança pour sa défense qu'il n'avait fait que céder aux demandes répétées de Marc-Aurèle. L'argument n'eut pas l'effet escompté. Eh bien, il ne fallait pas céder ! Est-ce qu'il cédait à tous les jeunes gens qui, comme Marc-Aurèle, se laissaient séduire par toute cette mythologie ridicule sans avoir la moindre idée de ce que ça impliquait vraiment ? Elle le mettait au défi : qu'il cite une qualité, une seule qualité de Marc-Aurèle qui aurait rendu son recrutement indispensable ! Il avait une formation commando ? C'était un fin penseur politique ? Un artificier ? Un tueur ? Quoi ? criait-elle. Quoi ?

Mais ne t'inquiète pas comme ça ! tenta de la calmer Pascal en s'habillant. Il ne risque rien, Marc-Aurèle !

Il ne risque rien ? Mais tu m'as dit toi-même que la situation devenait dangereuse ! Tu m'as dit toi-même que ça finirait mal ! Et si on le met en prison ? Ce n'est pas toi, Marc-Aurèle. Il est gentil. Il est faible. Jamais il ne supportera la prison – et, en imaginant son frère assis sur une paillasse tandis que résonnait dans les couloirs l'énorme écho des serrures qu'on actionnait et le cliquetis des clés, elle se mit à pleurer.

Pascal B. soupira, hésita un instant et, après l'avoir forcée à s'asseoir, il lui dit : écoute, c'est vrai qu'il ne risque rien. Je vais t'expliquer pourquoi. Mais tu promets de ne rien répéter.

Parce que j'ai déjà répété quoi que ce soit ? J'en sais des choses, trop même, des choses que je ne suis pas censée savoir, des choses que je préférerais ne pas savoir mais je ne répète jamais rien.

Il lui expliqua que le but réel de la conférence de presse était d'exclure de fait du mouvement tout le groupe de leurs ennemis : les secteurs du FLNC qu'ils contrôlaient n'avaient pas été prévenus. Ils ne disposaient par ailleurs pas du canal de revendication habituel. Ils apprendraient la tenue de la conférence de presse dans les journaux, ce matin. Alors, bien sûr, en leur absence, il avait fallu un peu gonfler les rangs et recruter pas mal de monde. Pour faire nombre. Marc-Aurèle avait tenu un rôle de figurant, ça lui avait fait plaisir et c'était utile au mouvement mais il ne ferait jamais rien d'autre, Pascal B. en donnait sa parole, il ne participerait à aucun attentat, il ne lèverait pas l'impôt révolutionnaire, on le sortirait à une petite réunion dans le maquis de temps en temps et ce serait tout. Antonia n'avait vraiment pas à s'inquiéter.

Il sait tout ça, mon frère ? Il sait pourquoi tu as accepté qu'il vienne ?

Non, bien sûr, reconnut Pascal B. en détournant le regard.

C'est bien dégueulasse. Tu n'as pas de quoi être fier.

Tu n'es jamais contente, alors ? fit mollement remarquer Pascal B.

Antonia ne lui répondit pas. Elle passa chez ses parents. Marc-Aurèle prenait son petit-déjeuner. Elle le serra dans ses bras. Fais attention à toi. Il avait dix-huit ans et il était tout heureux. Tu m'as vu, alors ? Antonia le serra plus fort. Oui, je t'ai vu. Fais bien attention à toi.

Dans les semaines qui suivirent, les militants écartés tinrent leur propre conférence de presse à Borgo. La presse fut cette fois convoquée par le biais du canal historique de revendication. Apparemment, cette branche du FLNC, qui se présentait elle aussi comme la seule légitime, comportait encore plus de militants que la branche concurrente. Antonia comprit qu'une autre campagne de recrutement sauvage venait d'avoir lieu si bien que, par le miracle d'une mathématique plus surnaturelle encore que celle régissant les ensembles infinis, les effectifs avaient plus que doublé en étant divisés par deux.

Jour après jour, la situation empirait.

Fin novembre, les partisans du canal habituel arrivèrent en nombre et armés jusqu'aux dents à Bastia. Ils embarquèrent, pour le transférer vers Ajaccio, tout le matériel qui servait à la confection du journal nationaliste et que convoitaient les partisans du canal historique, les ordinateurs, les flasheuses et jusqu'au mobilier de bureau. Pendant une heure, les deux groupes se firent face dans la nuit, les armes à la main, en plein centre-ville.

Vers une heure du matin, le téléphone sonna chez Antonia. C'était Simon T. Antonia crut d'abord que quelque chose de terrible venait de se passer. Il n'appelait jamais. D'habitude, il attendait que ce soit elle qui appelle.

Simon, tu vas bien ? Dis-moi que tout va bien !

Il allait bien. Il s'excusait. Il arrivait de Bastia. Il avait envie de parler à quelqu'un, non, il avait envie de lui parler à elle, seulement à elle. Est-ce qu'il pouvait passer la voir ? Elle lui répondit qu'elle l'attendait. Il arriva dix minutes plus tard. Il avait une mine épouvantable. Il posa son Colt 45 sur la table après avoir ôté le chargeur et expulsé la balle qui se trouvait dans le canon. Il lui raconta ce qui venait de se passer à Bastia. Il lui semblait qu'après des mois de descente imperceptible mais continue dans un gouffre, il venait d'en toucher le fond. Quand ils étaient arrivés sur place, depuis toute la Corse, ils avaient trouvé les alliés bastiais qui les avaient appelés au secours barricadés dans les locaux du journal. Les militants de l'autre bord les assiégeaient. Mais on était plus nombreux qu'eux, dit Simon, beaucoup plus nombreux. C'était surréaliste. Il se tenait à un coin de rue avec Jean-Joseph C., le calibre à la main, balle dans le canon, et une vieille était passée et les avait pris pour des flics. Comment aurait-elle pu croire que la police n'était pas intervenue ? Jean-Joseph l'avait rassurée, il était bel et bien inspecteur de police, assura-t-il, inspecteur principal, même. On a la situation bien en main, madame. On va calmer tous ces voyous, vous pouvez être tranquille. Et la vieille était rentrée chez elle non sans avoir gratifié ce brave garçon d'un sourire de reconnaissance et d'une petite tape maternelle sur la joue. On a commencé à charger le matériel, continua Simon. Les autres étaient sur le trottoir. Ils ne bougeaient pas. Quelqu'un leur a dit que si l'un d'eux avançait d'un seul pas, il prendrait une balle dans la tête. On les a traités de tout. Qu'est-ce qu'ils pouvaient bien faire ? D'abord, ça m'a fait plaisir. C'est toujours bon d'être fort. Mais maintenant, ça me donne envie de vomir. Antonia songea qu'une fois de plus, elle avait manqué une occasion rarissime de prendre des photos formidables. Au lieu de ça, elle avait fait un reportage sur le conseil général. Ça tournait à la franche malédiction.

Tu aurais dû m'appeler avant, je serais venue avec vous, dit-elle.

Simon ne réagit pas à sa remarque. Depuis des mois, il essayait de faire en sorte que tout ne s'effondre pas, quand il croisait des types de l'autre camp qu'il connaissait bien, il faisait comme si de rien n'était, il voulait croire que les divergences politiques ne changeraient rien sur le plan personnel, ce qui était évidemment stupide parce que les divergences en question n'avaient rien de politique, alors il tendait la main et restait comme un con la main tendue dans le vide tandis qu'on lui adressait un regard de haine et lui aussi en ressentait de la haine en retour, il avait envie d'enfoncer son pistolet dans la bouche de ceux qu'il avait pris pour ses frères et qui maintenant refusaient de lui serrer la main, en leur cassant les dents au passage parce que tout ce qu'il avait pris, pendant des années, pour le ciment d'une indéfectible fraternité, c'était du sable, de la brume, pas même de la brume, mais tout simplement rien, rien du tout, et ce soir, à Bastia, ils les avaient traités de tout, ils les avaient humiliés, ils n'avaient pas pu s'en empêcher et, sur le coup, c'était extraordinairement agréable, bien que ce fût une faute parce que la souillure de l'humiliation ne s'efface jamais et dans le grand livre des comptes, ils venaient tous de contracter une dette terrible qu'il faudrait rembourser tôt ou tard. Et surtout, conclut Simon, surtout, je ne peux pas m'empêcher de me demander ce que valent les amitiés qu'il me reste. Peut-être rien non plus. De la merde.

Lève-toi, lui ordonna Antonia.

Elle le poussa vers le lit sur lequel il bascula et vint s'asseoir à califourchon sur son ventre en retirant le long t-shirt blanc qu'elle portait pour dormir.

Je ne suis pas venu pour ça, dit tristement Simon en effleurant les seins nus du dos de la main.

Je sais, répondit Antonia et elle se pencha sur lui pour l'embrasser.

Le temps passait et la tragédie que redoutait Simon n'avait pas lieu. Personne ne dépassait le stade des invectives, des conférences de presse concurrentes et d'une monotone compétition des attentats.

À cette époque et à sa grande honte, Antonia en était presque déçue.

En janvier 1991, une pluie de missiles déferle sur l'Irak, illuminant les écrans de télévision d'une lumière verdâtre. Des caméras sont embarquées dans le cockpit des chasseurs américains filmant un réseau compliqué de manettes et d'indicateurs qui semblent sortis tout droit d'un simulateur de vol ou d'un jeu vidéo. Les micros enregistrent les jurons et les cris de joie frénétique lancés par les pilotes au moment où leur cible explose dans le silence d'un scintillement bref et éblouissant. La mort s'estompe et s'abolit dans l'espace inoffensif d'un monde virtuel. Rien n'est montré de ce qu'il faudrait voir. Les Américains ne répéteront pas les erreurs commises au Viêtnam, vingt ans plus tôt. Aucun général ne verra sa vie s'arrêter aussi sûrement que celle de l'homme auquel il met une balle dans la tête parce qu'au moment même où il presse la queue de détente, Eddie A. appuie sur le déclencheur de son appareil. Aucune photo ne montrera le visage d'un soldat qui vient de regarder la Gorgone droit dans les yeux pendant l'offensive du Têt et reste assis, les mains sur son fusil d'assaut, dans une immobilité si parfaite que, sur les cinq clichés successifs pris par Donald McC., il est impossible de déceler le moindre changement dans son expression, le moindre mouvement de paupières, exactement comme s'il avait été changé en statue.

Devant sa télévision, parce que le passé est toujours plus lisible que le présent, Antonia regrettait d'être née trop tard et au mauvais endroit. Tout ce qui lui était familier lui semblait, du fait même que c'était familier, dérisoire et sans intérêt. Elle était incapable d'ouvrir un œil sagace sur ce qui l'entourait en ce moment même et le désespoir de Simon T., dont elle ne sous-estimait ni la profondeur ni la sincérité, ne lui paraissait pas mériter plus d'attention que les angoisses existentielles d'un adolescent trop sensible. Au mois d'août, elle apprit par un très court article des pages internationales que le siège d'une ville dont elle ignorait le nom venait de commencer dans un pays auquel elle n'avait jamais pensé et qui bientôt n'existerait plus. La ville s'appelait Vukovar. Le fait qu'elle se trouve en Europe semblait insuffisant pour susciter la curiosité des journalistes et encore moins celle du grand public. Antonia tenait l'occasion qu'elle attendait de faire enfin un vrai travail de photographe. En Yougoslavie, la guerre n'avait pas revêtu sa parure numérique. Elle proposa à sa hiérarchie de partir sur place et d'en ramener un reportage complet pour le journal. Bien entendu, on lui rit au nez. Il n'avait pas pu lui échapper qu'elle travaillait dans un quotidien régional dont la vocation n'était nullement d'envoyer à prix d'or de par le monde des photographes pour couvrir des conflits incompréhensibles dont le lectorat local n'avait que faire. Antonia ferait mieux de se consacrer au grand cahier d'été "Nos villages en fête" dont la parution était prévue pour la semaine suivante. Après une courte période de déprime, elle prit conscience qu'elle n'avait pas besoin de l'autorisation du journal pour partir. Elle prendrait un congé sabbatique. Elle couvrirait elle-même ses frais. Au besoin, elle demanderait de l'argent à son parrain. Il fallait bien commencer. Beaucoup de photographes qu'elle admirait étaient certainement partis avant elle sans avoir la garantie confortable que quiconque se porterait acquéreur de leurs images. Elle était tout à fait libre, et le fait que cette évidence ne lui apparaisse que maintenant montrait à quel point son intellect et sa volonté avaient fini par s'engourdir à force de médiocrité, de renoncement et de routine.

Autour de la table familiale, l'annonce de sa décision provoqua un séisme qui se manifesta principalement sous la forme de larmes et de hurlements maternels. Comment pouvait-on songer à aller se faire tuer par une bande de sauvages sanguinaires quand on ne manquait de rien chez soi ? Comment pouvait-on se montrer d'une telle ingratitude envers des parents dont on n'avait jamais reçu qu'amour et protection et qu'on condamnait maintenant à mourir lentement d'angoisse ? Marc-Aurèle tenta de lui apporter son soutien, moi, je trouve que c'est très bien ce que tu veux faire, Antonia, très courageux, mais il fut impitoyablement réduit au silence par la menace d'un reniement total, définitif et immédiat qui ferait de lui un paria méprisé de tous. Aucun des arguments qu'avançait Antonia n'était audible. Elle renonça à s'expliquer.

Tu peux dire tout ce que tu veux, maman, ça ne changera rien. Je vais partir. Je suis venue vous l'annoncer, pas en discuter avec vous.

La mère d'Antonia se retira dans sa chambre. Elle n'avait donc plus de fille et peut-être plus d'enfants du tout, ajouta-t-elle à destination de Marc-Aurèle qui resta prudemment silencieux.

Ne t'inquiète pas trop, dit son père. Elle a tendance à dramatiser, tu sais bien.

Je sais, papa, répondit Antonia sans souligner que l'emploi du verbe "dramatiser" relevait en l'occurrence d'un euphémisme massif.

Mais tu peux peut-être réfléchir encore un peu ? demanda-t-il plein d'espoir.

Antonia secoua lentement la tête.

Mais j'ai réfléchi. Ça fait des années que je pourris dans ce trou. J'ai eu tout le temps de réfléchir.

Il ne fit pas de nouvelle tentative.

Je vais aller voir ta mère, essayer de la calmer un peu.

Antonia resta assise devant son assiette avec Marc-Aurèle et son parrain, qui n'avait toujours rien dit.

Et toi ? lui demanda-t-elle. Qu'est-ce que tu en penses ?

De toute sa vie, jamais il n'avait eu la force de lui donner tort et il ne dérogea pas à la règle. Il respectait sa décision. Il supposait que c'était très important pour elle. Peut-être se sentait-elle appelée elle aussi, à sa manière. Il est des appels auxquels on ne peut que répondre. Il aurait peur pour elle, évidemment, très peur. Mais il prierait. De tout son cœur. Antonia plaisanta sur l'efficacité douteuse de prières auxquelles Dieu ne prêtait manifestement qu'une attention distraite ou aléatoire. Il s'efforça de rire avec elle.

Je prierai quand même.

Il a prié, tous les jours, et Antonia est rentrée sans une égratignure. Peut-être a-t-il trop demandé à Dieu de la lui ramener vivante et pas assez de veiller aussi à préserver son âme. A-t-il négligé l'essentiel ? A-t-il suffisamment pensé à Antonia en récitant chaque soir les derniers mots de la prière qui nous fut enseignée par le Seigneur lui-même – *délivre-nous du mal* ? Il ne se le rappelle plus mais, s'il l'a fait, cette fois, Dieu n'a pas jugé bon de l'exaucer.

Agnus Dei

10

(Soldats de la JNA abattant des porcs, Slavonie orientale, 1992)

Au début du mois de novembre 1991, Antonia V. arrive à son tour à Belgrade où elle a réservé une chambre à l'hôtel Moskva. Les serveurs en gilets rayés, des plateaux chargés de boissons et de pâtisseries étranges oscillant au bout de leur bras droit levé, parcourent l'immense salle du bar aux banquettes tendues de tissus crème et vert anglais. En ce premier jour, Antonia V. fait l'expérience brutale d'un dépaysement dont elle ne saurait dire s'il l'enchante ou la terrifie.

Elle est venue photographier la guerre, garder la trace de ce qui se passe ici.

Elle est aussi venue pour vivre une autre vie que la sienne.

Mais pour l'instant, dans le bar de l'hôtel Moskva, seule compte l'étrangeté de cette vie nouvelle. Antonia V. n'arrive pas à penser sérieusement à la guerre qui se déroule à moins de cent cinquante kilomètres et dont l'hypothétique réalité n'est cependant attestée ici que par la présence inhabituelle des journalistes étrangers.

Comment rejoint-on la guerre ? Par quel chemin ? Existe-t-il un sas, une frontière, une porte à franchir derrière laquelle s'étend son territoire officiel ?

Elle quitte l'hôtel avec son appareil photo. Elle suit les panneaux qui indiquent la direction du Kalemegdan, elle se promène dans le parc où règne un froid si vif qu'il en devient presque exotique, elle passe devant le monument à la France et, depuis les murs de la forteresse, elle photographie le confluent du Danube et de la Save. Elle rebrousse chemin. Partout résonnent les échos d'une langue slave qu'elle entend pour la première fois. Dans l'église Saint-Marc, un homme se tient debout devant les icônes. À chaque bougie allumée, il se signe et s'agenouille, une main posée sur le sol comme s'il venait d'y planter le pied de la croix qu'il a tracée dans l'air du bout des doigts.

Elle regagne sa chambre.

Elle écrit à son parrain : *J'ai d'abord vu des icônes et le tombeau d'un empereur.*

Elle redescend au bar et s'installe seule à une table. Son air perdu et son inexpérience suscitent sans doute la compassion d'un groupe de journalistes enjoués qui lui font signe de les rejoindre. Elle s'exécute avec un empressement qui lui semble manquer totalement de dignité. La conversation se déroule en anglais. Elle découvre épouvantée qu'elle n'en saisit presque rien.

Comment a-t-elle pu partir sans même songer à s'assurer qu'elle serait en mesure de comprendre ce qu'on lui dirait et de se faire comprendre elle-même ?

On lui fait servir de la *šljivovica.* L'alcool lui brûle la gorge et la poitrine. Un photographe d'une quarantaine d'années, assis en face d'elle, se lève et fait le tour de la table pour venir s'installer à ses côtés. Il est français. C'est bien la première fois de sa vie qu'elle a envie d'embrasser quelqu'un simplement parce qu'il est français. Il lui raconte des anecdotes atroces et passionnantes qu'il a rapportées de Beyrouth, Phnom Penh ou Téhéran. Au quatrième ou cinquième verre, Antonia V. découvre les miraculeuses vertus linguistiques de la *šljivovica* : les souvenirs de ses cours d'anglais de lycée qu'elle croyait disparus pour toujours lui reviennent en mémoire et, de l'opacité des rumeurs qui l'entourent, se détachent de plus en plus de phrases intelligibles. Le Français lui annonce qu'il compte aller le lendemain matin à Vukovar. Elle lui demande si elle peut l'accompagner.

Il répond : je ne fais pas baby-sitter.

Antonia V. n'ose plus lui adresser la parole.

Mais comment rejoint-on la guerre ?

Plus tard dans la soirée, elle rencontre une journaliste italienne à laquelle elle peut parler en corse. Elles se retrouvent après quelques heures de sommeil et quittent Belgrade ensemble, alors que le soleil se lève. Antonia V. entend d'abord des explosions lointaines et voit les premiers artilleurs de la JNA. Elles dépassent Vukovar et roulent vers la ligne de front, près d'Osijek. Le ciel est d'un bleu limpide. Des groupes de soldats boivent de la *rakija* en fumant. Trois cents mètres plus loin, Antonia V. aperçoit les formes sombres de deux cadavres étendus dans l'herbe. Un soldat s'approche d'elle. Il lui dit en anglais deux mots qu'elle n'a aucun mal à comprendre, *Croatians*, *deserters*, et qu'il accompagne d'une éloquente mimique d'impuissance. Antonia V. s'approche des cadavres. Le premier est tombé face contre terre. Le second est allongé sur le côté, le bras tendu devant lui, paume ouverte vers le ciel. Sur le dos et la poitrine, leurs treillis sont imbibés de sang. Elle voit qu'on leur a aussi tiré dans les mains et dans les pieds.

Comme les blessures du Christ, écrit-elle à son parrain.

Elle s'allonge dans l'herbe. Elle prend une photo en gros plan de cette paume ouverte vers le ciel, les doigts raidis, la plaie béante, la terre sous les ongles.

Il n'y a rien de plus facile que de rejoindre la guerre.

Cela, Dragan Đ., qu'elle rencontrera quinze jours plus tard à Vukovar, l'a appris bien avant elle, en se présentant à la caserne dans laquelle il doit effectuer son service militaire, un soir de mai 1991. Il a quitté la Voïvodine en compagnie de son frère aîné qui a insisté pour le conduire jusqu'en Croatie. La veille, ils ont abondamment arrosé son départ avec des amis et ils souffrent tous les deux d'une gueule de bois tenace qu'ils essayent de faire passer en fumant des joints et en écoutant de la musique à fond. Dans les premiers villages croates qu'ils traversent, ils voient des groupes d'hommes armés de fusils qui suivent du regard le passage de leur voiture. Ils en tirent la conclusion que les Croates nourrissent une passion pour la chasse. Ils voient les insignes à damier qui leur évoquent instantanément les Oustachis.

Ils errent en ville à la recherche d'une caserne que le haschich a rendue introuvable. Ils ne prennent pas conscience du poids des regards qui se posent encore sur eux. Au détour d'une rue, ils tombent finalement sur la caserne dont les portes sont fermées. Le frère de Dragan Đ. klaxonne. Le portail s'entrouvre et un soldat passe la tête par l'embrasure.

Il regarde la plaque de la voiture. Il se met à les engueuler. Est-ce qu'ils sont cinglés pour se promener comme ça avec une voiture immatriculée en Voïvodine ? Est-ce qu'ils ont envie de prendre une balle dans la tête ? Dépêchez-vous d'entrer. On va vous ouvrir.

Le frère de Dragan Đ. lui répond qu'il a fait son service militaire quatre ans auparavant et qu'il préfère crever plutôt que de rentrer dans une caserne avec des salauds de militaires.

Alors, va te faire foutre, connard ! crie le soldat.

Dragan Đ. prend ses affaires et embrasse son frère qui repart en adressant un doigt d'honneur solennel au soldat par la vitre ouverte de la voiture.

Dragan Đ. passe un mois enfermé dans la caserne. Il a rejoint la guerre mais il ne le sait pas encore.

Le 19 mai, l'indépendance de la Croatie est massivement approuvée par un référendum que boycottent les populations serbes.

Un par un, les cadres et les appelés croates s'enfuient pour répondre à l'appel des voix qui, depuis l'extérieur, ne cessent de réclamer leur présence. Les Macédoniens désertent à leur tour, peu soucieux de rester coincés au milieu d'un affrontement qui les concerne de moins en moins. Les Slovènes sont partis depuis longtemps. À l'évidence, préserver l'unité de la Yougoslavie n'est plus à l'ordre du jour pour personne. Pendant les dix-huit mois que durera son service militaire, Dragan Đ. ne sera jamais certain de comprendre clairement quels sont les objectifs officiels ou cachés de la guerre.

Mais il est clair que ça tourne mal, très mal, de plus en plus vite, et tout se mélange, 1912, 1934, 1943, le passé resté si longtemps coincé dans la gorge remonte et contamine le présent, les Oustachis de Jasenovac, les couteaux et les scies, les partisans, les longs cheveux et les barbes des Tchetniks.

Début juin, la situation est devenue intenable. Ce qui reste du régiment abandonne la caserne et se replie vers l'est.

Le 25, la Croatie déclare son indépendance.

En juillet, la compagnie de Dragan Đ. occupe un village de Slavonie. Les Croates sont tout près, à portée de voix. On ne prend de précautions particulières ni dans un camp ni dans l'autre. Les règles d'engagement ne sont pas très claires et personne ne tire. Des soldats s'avancent entre les lignes pour discuter avec ceux d'en face. Tout semble irréel. Et en s'agenouillant quelques semaines plus tard près d'un de ses camarades qu'une balle dans le poumon fait hoqueter et baver une mousse rose qui l'étouffe, Dragan Đ. ne comprend pas comment tout a pu tourner si mal. Un enchaînement d'étapes minuscules et fatales lui a fait parcourir sans efforts le chemin délirant qui mène d'une soirée de fête en Voïvodine jusqu'ici. Il sait maintenant qu'au moment d'embrasser son frère sur le seuil de la caserne, il avait déjà rejoint la guerre et qu'il n'y a rien de plus facile.

En août, puis à nouveau en octobre, il se bat au corps à corps.

Début novembre, il est nommé sergent. Il boit. Il consomme toutes les drogues qui lui tombent sous la main. Ce n'est pas une si mauvaise solution.

Le 21, trois jours après la chute de Vukovar, il voit s'avancer vers son unité deux filles dont l'une porte un appareil photo à l'épaule. Cela fait maintenant dix jours qu'Antonia V., qui n'a plus besoin de baby-sitter, parcourt le front en tous sens avec Jelica, dont elle ignore le nom de famille. Elle l'a rencontrée au bar de l'hôtel Moskva où l'étudiante francophone offrait ses services d'interprète aux journalistes. Une consommation quotidienne et sans doute excessive de *rakija* a certes permis à Antonia V. de se débrouiller en anglais mais son niveau n'autorise ni la précision ni la subtilité, ce qui est aussi le cas pour la plupart des soldats serbes ou croates auxquels elle a eu affaire jusque-là. Jelica lui apporte donc une aide précieuse. Et puis surtout elle aime être avec Jelica.

Quelques jours plus tôt, alors qu'elles roulaient vers l'ouest sur une plaine d'allure inoffensive, elles ont entendu trois coups de feu et le bruit inquiétant d'un choc métallique sur l'aile arrière gauche de la voiture. Jelica conduisait. Elle a enfoncé l'accélérateur. Il y a des cons qui nous tirent dessus ! Antonia V. ne pouvait pas croire qu'elle venait d'essuyer des coups de feu. Son cœur s'est emballé de terreur et de joie.

Pourquoi on nous tire dessus ? a-t-elle demandé à Jelica. C'est qui ?

Je ne sais pas ! Ça peut être n'importe qui ! Celui qui a tiré, peut-être qu'il ne sait même pas pourquoi. On passe à découvert. Il a un fusil. Voilà. Il ne peut pas s'empêcher. Tu as vu qu'ils sont tous devenus complètement idiots !

Jelica était penchée sur le volant, les yeux fixés sur la route. Elle a ralenti.

Mais quels cons ! a-t-elle dit, tu as vu ces cons ? et elle a soudain été prise de fou rire, elle en avait les larmes aux yeux, et Antonia V. a eu le temps de s'appuyer contre la portière pour la photographier en riant elle aussi.

Elle aime être ici, avec Jelica, elle aime rire quand on lui tire dessus sans raison, la sensation de chuter, le vertige, la joie de se redresser au dernier moment.

Elles passent maintenant près de Dragan Đ. et des éclats de voix leur font tourner la tête. À une dizaine de mètres, un type portant un uniforme étrange et coiffé d'un béret noir est en train d'admonester un officier de la JNA qui baisse les yeux devant lui comme un cancre pris en faute. Chaque fois que l'officier tente de répondre, il reçoit une gifle. Tous les soldats regardent maintenant la scène avec un intérêt et un plaisir manifestes. Antonia V. devrait prendre une photo, même au jugé, en tenant l'appareil contre sa hanche, mais elle ne peut pas s'y résoudre, elle a peur d'être repérée et elle maudit sa lâcheté.

Le soir, dans sa chambre de l'hôtel Moskva, elle écrit à son parrain : *J'ai l'œil. Mais la main ne suit pas toujours. Alors l'œil ne sert à rien. Je ne suis pas douée.*

Qui c'est ce type ? demande-t-elle à Jelica.

Qui c'est ? demande Jelica à Dragan Đ.

Il répond dans un anglais impeccable. C'est le chef d'un groupe de paramilitaires. Son nom est Željko R. mais tout le monde l'appelle Arkan. Dragan Đ. l'a déjà croisé plusieurs fois à l'arrière du front. Il n'avait jamais entendu parler de lui. On lui a dit qu'avant la guerre, il s'occupait d'un club de supporters de foot, à Belgrade. Des ultras. Ça n'a aucun sens. Mais maintenant Arkan, en uniforme, donne des gifles au commandant et ça ne pose de problème à personne parce qu'après tout, rien n'a de sens et que le commandant est un bâtard sans cœur. Tout le monde aimerait le gifler.

Bientôt, Antonia V. découvrira une première photo prise par Ron H., à Erdut, sur laquelle Arkan pose, un bébé tigre à la main, devant ses hommes montés sur un char d'assaut, et, l'année suivante, une seconde photo, prise en Bosnie avec cette forme insensée de courage dont elle n'ignore plus qu'elle lui fait et lui fera sans doute toujours défaut.

Elles entrent dans Vukovar. Dragan Đ. les accompagne. On ne peut même pas dire que la ville est en ruine. Elle est devenue un invraisemblable tas de gravats, de tôles et de poussière parcourue par des soldats de la JNA et quelques civils hagards, surgis d'un enfer souterrain.

C'est comme dans un film, dit Jelica.

Un grand pan de mur solitaire qu'on a déjà recouvert d'inscriptions en caractères cyrilliques se dresse au milieu des ruines dans une solitude incongrue. Dragan désigne du doigt l'un des graffitis et il se met à rire. Il traduit : *S'il vous plaît, les gars, soyez gentils, laissez-moi debout !* Tout à côté est écrit en énormes lettres capitales : *Seulement la mort.* Il est impossible de savoir s'il s'agit d'un constat désespéré ou d'un slogan nihiliste. Antonia V. prend le mur en photo. Elle craint une fois de plus de produire une image mensongère, suggérant une profondeur saturée d'un sens qui, en fait, n'existe pas.

Ils reviennent tous les trois vers l'unité de Dragan Đ. qui leur propose de boire l'inévitable *rakija.* Un peu plus loin, des prisonniers croates montent à l'arrière d'un camion bâché. Antonia V. fait des photos. Personne ne lui prête la moindre attention. Une seule fois, un prisonnier tourne vers son objectif un regard épouvanté qui la fait frémir. Elle appuie sur le déclencheur.

Depuis qu'elle est arrivée, on lui a raconté des deux côtés de la ligne de front, avec le même frisson dans la voix, des histoires invariablement horribles de meurtres et d'exactions raffinées illustrant le sadisme du camp d'en face. Curieusement, ces histoires d'enfants suppliants, exécutés par des bourreaux sans pitié, et de femmes enceintes éventrées avec délectation sont parfois les mêmes à quelques détails près. Toutes ces histoires sont fausses, bien sûr, chacune à sa manière. Certaines ont traversé le temps depuis 1912, 1934 ou 1943, se transformant et s'enrichissant au cours de leur voyage pour acquérir une abominable précision. D'autres sont complètement inventées comme les légendes d'ogres et de monstres dont se nourrissent les cauchemars de l'enfance.

Mais, des choses horribles qui surviennent réellement, personne ne fait le récit, écrit-elle à son parrain.

Pendant la semaine suivante, elle suit l'unité de Dragan Đ. le long du front de Slavonie. Elle a renoncé à se rendre du côté croate ou chez les Serbes de Krajina. Jusqu'à présent, elle n'a pas réussi à vendre la moindre photographie. Elle pense qu'elle aura plus de chances si elle s'en tient à la cohérence d'un unique point de vue.

Elle photographie Dragan Đ., allongé dans l'herbe les yeux hallucinés, sa kalachnikov posée en travers de la poitrine. En Serbie, les réservistes et les appelés se cachent pour échapper à la conscription. La relève ne vient pas. Les soldats disponibles sont utilisés jusqu'à épuisement.

J'ai été appelé trop tôt, dit Dragan Đ. Je ne comprenais rien. Si j'avais su dans quelle merde j'allais me trouver, je serais parti en Hongrie. J'ai des cousins, du côté de ma mère, dans un village à côté de Szeged. C'est un trou mais on est sûrement mieux qu'ici.

Au mois de décembre, Antonia V. rentre en Corse passer les fêtes en famille. Elle en profite pour demander un crédit à sa banque. Elle le remboursera en vendant ses photos. Elle répond à peine aux questions que lui posent ses parents. Malgré ses efforts, elle ne parvient pas à franchir le fossé invisible qui semble la séparer des siens.

En janvier, alors qu'on annonce un cessez-le-feu qui ne cessera d'être violé, elle est de retour au bar de l'hôtel Moskva qu'elle retrouve avec une joie totalement démesurée. Jelica travaille désormais pour d'autres journalistes. Elles se retrouvent tous les soirs. Elles boivent un verre, dînent au restaurant.

Antonia rejoint l'unité de Dragan Đ. dans un village sur les rives de la Drave. Il n'est pas là. Elle a peur qu'il soit blessé ou mort. On lui assure que non. S'il est bien à l'hôpital militaire, c'est seulement parce qu'il a fait une espèce de dépression sans doute due à l'épuisement physique et nerveux.

Pas vraiment, lui explique-t-il à son retour. Je me suis trop défoncé, c'est tout. Ils ne m'ont pas dégradé. Ils m'ont juste dit d'arrêter de déconner.

Elle est heureuse de le revoir.

Le 20 janvier 1992, il prend la tête d'une patrouille de reconnaissance. Antonia V. l'accompagne. Elle fait des photos de la colonne qui avance dans la plaine blanche. La neige écrase les perspectives et Antonia V. craint que les plans trop larges ne donnent rien de bon. Dans l'après-midi, ils pénètrent dans un hameau de quatre ou cinq maisons. Ils ne voient d'abord rien de plus que des formes trapues s'agiter autour d'un amas de taches colorées. À l'avant de la colonne, un soldat s'immobilise avant de se pencher brusquement en avant et de vomir. Une dizaine de cadavres sont étendus dans la neige, pour la plupart des femmes. Des porcs passent avidement de l'un à l'autre en grognant. Ils se sont échappés de leur enclos, à moins que ceux qui ont fait ça aient pris soin de les libérer en sachant exactement ce qui allait se passer.

Antonia V. se rappelle confusément un conte cruel qu'elle a peut-être entendu un jour, ou un mauvais rêve, plein de lumière et de couleurs trop vives, avant le soulagement du réveil dans les ténèbres.

Elle s'approche, l'œil dans le viseur. Elle se sent maintenant étonnamment calme et lucide. Elle prend des photos des cadavres, des porcs, des traînées de sang dans la neige.

Elle entend Dragan Đ. hurler quelque chose d'une voix démente.

Quatre ou cinq soldats se mettent en ligne et commencent à tirer en lançant des insultes, des prières ou des jurons. Antonia V. s'agenouille dans la neige. Elle les place dans le cadre, le canon des fusils d'assaut légèrement inclinés vers le sol, elle entend les hurlements des porcs blessés qui basculent lourdement dans la neige, elle voit le tissu d'une jupe.

Elle prend encore des photos.

Un soldat court en tirant sur un énorme verrat qui s'enfuit et tombe à son tour. Le soldat s'approche et vide son chargeur. Dragan Đ. est debout dans la neige, les traits révulsés, un pistolet à la main.

À leur retour, ils se jettent tous sur les bouteilles de *rakija*. Antonia V. se sent toujours très calme. Elle vide son verre.

Tu as vu *Apocalypse Now* ? lui demande Dragan Đ.

Elle acquiesce.

Moi aussi. Les Doors et le reste…

Il secoue la tête et remplit son verre.

On peut dire que ce n'est pas du tout ça, conclut-il. Pas du tout.

À quatre heures du matin, elle se réveille brusquement dans les ténèbres bienfaisantes de sa chambre à l'hôtel Moskva. L'appareil photo est posé au pied de son lit. Elle pense à ce que contiennent les pellicules et elle n'arrive pas à se rendormir.

Elle écrit à son parrain : *Ce n'est pas vrai que ça ressemble à un film.*

Elle descend prendre son petit-déjeuner. Elle va s'asseoir près du correspondant d'un journal français qu'elle a déjà croisé plusieurs fois. Elle lui raconte ce qui s'est passé la veille. Elle lui parle des photos qu'elle a prises. Du choc qu'elles vont certainement provoquer si elles sont publiées. Il essaye de la détromper gentiment. Aucune photo, aucun article n'a jusqu'ici provoqué aucun choc si ce n'est peut-être le choc inutile et éphémère de l'horreur ou de la compassion. Les gens ne veulent pas voir ça et s'ils le voient, ils préfèrent l'oublier. Ce n'est pas qu'ils soient méchants, égoïstes ou indifférents. Pas seulement, du moins. Mais c'est impossible de regarder ces choses en sachant qu'on ne peut strictement rien y changer. On n'a pas le droit d'attendre ça d'eux. La seule chose qui est en leur pouvoir, c'est détourner le regard. Ils s'indignent. Et puis ils détournent le regard.

Alors à quoi ça sert ce qu'on fait là ?

Il faut bien que quelqu'un le fasse.

Mais surtout, écrit-elle à son parrain, *ils aiment ça, ils adorent ça, tous, et moi aussi.*

Pendant deux jours, elle ne retourne pas sur le front. Elle se promène dans les rues de Belgrade, là où la guerre ressemble à un rêve sans substance. Elle sort le soir avec Jelica.

Elle commence à penser qu'elle a vu quelque chose qu'il aurait été infiniment préférable pour elle de ne pas voir parce que maintenant, elle ne peut plus en détourner le regard. Et ce n'est pourtant qu'un événement minuscule, un bégaiement, l'épisode insignifiant d'une histoire qui n'a pas commencé ici et ne finira pas ici parce qu'elle n'a ni début ni fin. Elle ne raconte rien à son parrain.

Elle lui écrit seulement : *Je sais que certaines choses doivent demeurer cachées.*

Plusieurs des photos qu'elle a prises seraient, quoi qu'il en soit, condamnées à le demeurer parce qu'elles sont sans doute insoutenables et qu'on pourrait les croire sorties d'un film d'horreur – même si *ce n'est pas du tout ça, pas du tout.* D'autres sont moins explicites mais tout aussi obscènes. Elles ne montrent rien mais ce qu'elles suggèrent est très clair et, dans un sens, c'est encore pire. Toutes ces précautions, les subtilités de cadrage, la bonne conscience du hors-champ, les répugnantes pudeurs, la jouissance.

Il y a tant de façons de se montrer obscène, écrit-elle à son parrain.

Elle ne développera pas les pellicules.

Elle repart une dernière fois vers le front. Elle annonce à Dragan Đ. qu'elle va rentrer chez elle.

Elle a pris assez de photos de la guerre. Elle reviendra en novembre, lorsqu'il sera démobilisé à la fin de son service militaire. S'il est d'accord, elle l'accompagnera sur le chemin du retour.

En novembre ? demande-t-il.

Oui. Alors il faut qu'il fasse très attention à lui, d'ici là, parce qu'elle aura besoin de sa présence. S'il n'est pas là, en novembre, quand elle reviendra, le reportage qu'elle imagine sera complètement foutu.

Elle passe une dernière soirée à Belgrade avec Jelica. Elles rentrent à l'aube, complètement soûles. Devant l'hôtel Moskva, elles s'étreignent longuement pour se dire au revoir, dans le froid glacial.

Antonia V. reprend son travail au journal local qui l'emploie depuis 1984. Elle fait des photos inoffensives et insignifiantes qu'il n'importe ni de cacher ni de montrer. Elle met de l'argent de côté. Personne ne lui reproche ses voyages inutiles ni ne lui demande pourquoi aucune de ses photos n'a paru dans la presse. Elle parle à son parrain, en termes trop vagues, de ce dont elle a été témoin en Yougoslavie. Elle s'en tient à des lieux communs édifiants sur les horreurs de la guerre. Peut-être devine-t-il ce qu'elle n'arrive pas à lui dire.

La seconde photo de Ron H. est publiée. On y voit l'un des hommes d'Arkan s'apprêtant à donner un coup de pied à trois civils bosniaques qu'il vient d'abattre. Le paramilitaire semble très jeune. Il porte, relevées sur la tête, des lunettes de soleil à monture blanche indiquant clairement que le cliché relève, non de l'histoire, mais de l'actualité. Il est en appui sur la jambe gauche, le corps légèrement penché en arrière, la jambe droite repliée, prête à frapper. Dans sa main gauche, il tient une cigarette entre ses doigts mollement écartés, d'un geste d'une élégante négligence aristocratique. Un homme et deux femmes gisent sur le trottoir luisant de sang frais. On ne sait pas auquel de ces cadavres le coup de pied est destiné.

Antonia V. montre la photo à son parrain.

C'est le péché, murmure-t-il.

Ça ne sert à rien, dit Antonia. Tout le monde s'en moque.

Et ça aussi, c'est le péché, ajoute son parrain. Le péché du monde.

En avril débute le siège de Sarajevo dont la retransmission en direct à la télévision rythmera pendant quatre années les dîners familiaux.

Début novembre, Antonia V. revient à l'hôtel Moskva qui s'est vidé de ses journalistes. Les choses tournent mal, trop vite, de tous les côtés à la fois, tout est trop difficile à suivre, et ils sont tous partis en Bosnie. Quand elle retrouve Dragan Đ., il a beaucoup maigri. Il lui sourit faiblement. Elle se demande ce qu'il a vu. Elle se demande ce qu'il a fait.

Le jour de sa démobilisation, elle le suit dans l'accomplissement des démarches administratives qui le libèrent et le rendent à la vie passée qu'il ne retrouvera pourtant jamais. Il est prévu qu'on le ramène à Belgrade en bus militaire. De là, il rentrera chez lui par les lignes régulières. Il demande au chauffeur s'il accepte la présence d'Antonia V. Le chauffeur grommelle quelque chose.

Il n'en a rien à foutre, traduit Dragan Đ.

Mais elle avait compris.

Le bus est presque vide. En plus d'Antonia V. et Dragan Đ., il n'y a que quatre passagers, trois soldats et un paramilitaire qui traîne une paire de valises pleines à craquer. Le bus roule dans la plaine. À un *checkpoint*, ils sont contrôlés par la police militaire qui leur demande de descendre et d'ouvrir leurs bagages.

Le paramilitaire prend l'un des policiers par le bras et l'entraîne à l'écart. Il lui parle un moment en lui tapant sur l'épaule. Le policier approuve vigoureusement. Le paramilitaire prend quelque chose dans l'une de ses valises et le donne au policier qui lui serre la main et lui fait signe de reprendre place dans le bus.

Les policiers se tournent maintenant vers Dragan Đ. Ils fouillent son sac militaire d'où ils sortent des cassettes audio et deux livres qu'ils lui agitent sous le nez avant de les lancer par terre. Ils rient. Antonia V. sait qu'elle devrait prendre des photos mais, une fois encore, elle n'ose pas. Elle pense à Ron H. Elle se saisit de son appareil aussi discrètement que possible. Elle prend les photos.

Elle remonte dans le bus et s'assoit près de Dragan Đ. Il tremble comme s'il avait la fièvre. Il lui prend le poignet. Des salauds, dit-il, des connards de Belgrade. Regarde-moi, regarde dans quel état je suis, regarde le treillis dégueulasse que je porte. Je reviens du front, putain. Ils devraient me donner une médaille. Mais eux, ils s'en foutent, avec leurs saloperies d'uniformes tout propres, ils me traitent comme une merde. Parce que moi je n'ai rien à leur donner et que ça les énerve. Tu as vu ce qu'ils ont fait avec mes livres ? Voilà ce qui dirige ce pays, maintenant. Des supporters de foot et des débiles qui jettent les livres. Pourquoi tu lis un con de Hongrois ? ils m'ont demandé. Pourquoi tu lis un con de Polonais ? Pour ces types, Bukowski, c'est un con de Polonais. Les salauds. Les salauds.

Arrivé à Belgrade, il ne dit plus rien. Ils prennent un autre bus. Ils suivent le cours du Danube. Ils marchent dans les rues d'une ville qu'elle ne connaît pas. Dragan Đ. s'arrête sur un pont. Des jeunes gens se moquent de lui. Antonia V. prend encore une photo et c'est fini. Il s'en va, tout seul, en essuyant ses larmes. Il ne veut plus qu'elle le suive. Il ne veut plus partager avec elle ce qui va se passer maintenant et elle le laisse s'en aller alors qu'elle voudrait tant pouvoir lui dire adieu.

Elle retourne à la gare routière et rentre à Belgrade. Elle appelle Jelica pour lui demander de passer la soirée avec elle. Elle l'attend au bar de l'hôtel Moskva, sur les banquettes tendues de tissu crème et vert anglais, en buvant une *šljivovica*. Elle repense au rire des jeunes gens sur le pont. Elle ne comprend rien.

Et ça aussi, c'est le péché, aurait dit son parrain.

Elle ne croit pas au péché. Elle ne sait même pas ce que c'est. Mais, en buvant sa *šljivovica*, elle se sent de plus en plus mal à l'aise à l'idée que les photos qu'elle a prises aujourd'hui pourraient être publiées. Même si un magazine les acceptait, ce qui est plus que douteux, elle ne voudrait pas que des yeux étrangers puissent se poser avec curiosité ou indifférence sur le désastre complet dont elle a aujourd'hui été témoin. Ce désastre, elle ne veut pas le dupliquer.

Il y a tant de façons de se montrer obscène, a-t-elle un jour écrit à son parrain.

Demain, elle rentrera chez elle, elle quittera pour toujours ce pays dont tous les noms sont provisoires, et les pellicules d'aujourd'hui iront rejoindre dans un carton toutes celles qui les y attendent et qu'elle ne développera pas.

Elle ne croit pas au péché, elle ne croit pas non plus en l'agneau de Dieu qui enlève le péché du monde. Mais, au moins, à ce qu'est le monde, autant qu'il est en son pouvoir, elle, Antonia V., n'ajoutera rien.

Communion : *Lux æterna*

11

(Jeunes mariés courant dans le soleil couchant, île Maurice, 1997)

Pendant des années, si l'on en excepte celles qu'il avait passées en prison, Antonia avait couché avec Pascal B. sans utiliser d'autre moyen de contraception que le retrait, méthode dont il était avéré depuis longtemps qu'elle avait remarquablement contribué à l'accroissement du taux de natalité et que son partenaire pratiquait, de surcroît, avec une dextérité toute relative mais, pendant toutes ces années, elle n'était jamais tombée enceinte. Et maintenant, alors qu'elle prenait la pilule avec une rigueur militaire, elle se retrouvait dans un sordide bureau d'hôpital, face à une harpie qui tentait de la convaincre de renoncer à avorter et la regardait avec un dégoût visible depuis qu'elle avait compris qu'elle n'y parviendrait pas. Apparemment, le monde entier se croyait autorisé à formuler un avis sur sa décision. Simon T., qu'elle avait d'abord eu la faiblesse d'appeler à son retour de Yougoslavie pour qu'il vienne passer la nuit avec elle puis la bêtise de prévenir des conséquences encombrantes qui en avaient résulté, s'était également comporté comme si elle lui devait une explication.

C'est à cause de la Yougoslavie ? C'est pour ça ?

La question avait exaspéré Antonia. Son refus d'avoir un enfant ne pouvait être que pathologique et elle devait donc dissimuler un traumatisme quelconque qui éclairerait l'irrationalité de son comportement. Mais Antonia n'avait jamais été plus rationnelle. Elle avait beau chercher, elle ne pouvait trouver aucune raison de mener cette grossesse à terme. Elle coupa court.

Je n'ai pas à discuter de ça avec toi. Je t'informe, c'est tout. Et même ça, rien ne me forçait à le faire.

Il réagit comme si elle l'avait frappé. Il tourna les talons après avoir prononcé des paroles définitives et inutilement dramatiques.

Antonia fut admise à l'hôpital un matin de janvier 1993. Le médecin la reçut avec une prévenance à laquelle elle ne s'attendait pas. L'anesthésiste se pencha vers elle, choisit une veine pour y enfoncer son aiguille et lui demanda de compter. Elle mit du temps à émerger de son sommeil artificiel. Chaque fois qu'elle ouvrait les yeux, une main puissante la faisait basculer en arrière pour la ramener vers un monde où dansaient des ombres indistinctes et ses paupières retombaient. Elle se sentait prisonnière d'un lieu extrêmement désagréable situé quelque part entre la veille et l'inconscience. Quand elle parvint à en sortir, elle avait la bouche sèche et des douleurs dans le ventre. Simon T. était assis à côté du lit, apparemment au comble du désespoir.

Pourquoi tu fais cette tête ? demanda-t-elle d'une voix à peine audible.

J'étais là quand ils t'ont ramenée, répondit-il. Tu t'agitais, tu essayais de parler et tu pleurais. C'était vraiment dur.

C'est l'anesthésie, dit-elle. J'ai fait des mauvais rêves. Comment tu as su que c'était aujourd'hui ?

J'ai demandé à Madeleine – et il lui prit la main. Elle eut la force de lui sourire et s'endormit à nouveau. Il la ramena chez elle dans l'après-midi. Elle ne le revit qu'à l'été.

Elle faisait son travail, elle sortait, elle allait rendre visite à ses parents, elle s'empêchait d'appeler Simon, même quand elle en ressentait douloureusement le désir et elle s'accordait de temps en temps une aventure pour que quelque chose se passe dans sa vie.

Elle ne rêvait plus de produire autre chose que des images tout aussi éphémères que le papier journal sur lequel elles étaient quotidiennement imprimées et qui, chaque soir, s'il ne servait pas à allumer les feux de cheminée, finissait dans une poubelle avec les épluchures de légumes, le marc de café et les mégots. Elle ne se plaignait pas. Elle n'en avait ni le droit, ni la force. Pas même l'envie. Car il n'y avait au fond que deux catégories de photos professionnelles, celles qui n'auraient pas dû exister et celles qui méritaient de disparaître, si bien que l'existence de la photographie était évidemment injustifiable, mais puisqu'Antonia en avait fait son métier et qu'elle ne savait rien faire d'autre, il lui fallait bien se consacrer à l'une des deux catégories. Elle se consacrait donc à la deuxième et elle l'acceptait, non pas comme on assume un choix, mais plutôt comme on s'incline devant l'indiscutable autorité d'un fait.

En août 1993, le FLNC canal historique fit lire au cours d'une réunion publique à Corte un communiqué dans lequel il revendiquait l'assassinat, au mois de juin, d'un militant contestataire de son propre bord au nom du concept pour le moins curieux de *légitime défense préventive*. Quand le responsable installé à la tribune eut terminé sa lecture, la foule réunie sous le chapiteau se mit à applaudir. Antonia prit des photos des mains levées et des visages enthousiastes communiant dans la joie. Elle songea qu'il serait intéressant de photographier quelqu'un qui, au milieu de la liesse générale, n'applaudissait pas. Mais, à part les journalistes qui couvraient comme elle l'événement, elle ne trouva personne. Elle reprit la route vers Ajaccio. Elle écoutait de la musique en roulant. Elle n'échappa à la paralysie morale et intellectuelle dans laquelle elle vivait depuis des mois qu'en arrivant au col de Vizzavona. Elle prit enfin la mesure de ce qui venait de se passer et elle dut s'arrêter au bord de la route. Elle revoyait la chair humide et chaude des mains dressées se précipitant l'une contre l'autre, de plus en plus frénétiquement, dans un bruit mat – et lui revint aussi l'image d'autres mains, raidies par la mort et le froid, les doigts sales ouverts en corolle autour du stigmate violacé – elle revoyait les yeux brillants, les corps tendus, l'extase de ces gens transfigurés par la foi, heureux de ne faire qu'un et d'être traversés en même temps par le même frisson voluptueux d'approbation totale à la mise à mort, la même adoration des assassins, et Antonia se sentit salie de les avoir côtoyés comme si elle avait dû plonger dans une fosse septique et elle eut envie de vomir. Ça aussi, c'est le péché, dirait sûrement son parrain, il ne savait dire que ça et elle avait envie de crier pour lui répondre, oui, ça aussi, si tu veux, mais le pire, le plus répugnant, c'est la foi, la leur comme la tienne. Dès cet instant, elle fut convaincue que les choses iraient de travers et ne pouvaient encore, une fois de plus, que tourner mal, très mal, sans qu'elle pût deviner comment, et, pour la première fois, elle considérait l'avenir de son île avec une terreur vierge de toute condescendance parce que d'un lieu où l'on applaudit les revendications d'assassinats, on ne peut attendre que le pire.

Arrivée à Ajaccio, elle passa au journal pour y développer les photos d'apparence parfaitement innocentes de gens qui applaudissaient en souriant et dont elle seule voyait à quel point elles étaient hideuses. C'était décidément sans issue : ses photos souffraient toujours d'un excès ou d'un déficit de signification.

Elle appela Simon T. Elle avait besoin de le voir.

Elle lui raconta ce qui s'était passé mais il le savait déjà.

Le pire, lui dit-elle, c'est qu'à leur place, vous aussi, vous auriez applaudi, tous autant que vous êtes. Mais elle ajouta : non, pas tous. Toi, Simon, je crois que tu n'aurais pas applaudi, je ne suis pas sûre, mais je crois – et c'était sans aucun doute le plus grand compliment qu'elle lui ait jamais fait, peut-être même le seul.

C'est, du moins, le seul qu'il se rappelle.

Prends-moi dans tes bras, disait-elle, empêche-moi de penser à ça.

Avait-elle raison ? N'aurait-il pas applaudi ? Quand les choses ont vraiment fini de mal tourner, deux ans plus tard, qu'a-t-il fait d'autre qu'accepter sans le moindre mouvement de révolte la guerre stupide qui, après une longue gestation, a fini par éclater ? Il n'a pas protesté, il n'a rien fait pour tenter d'arranger les choses, non parce que les choses ne pouvaient évidemment pas être arrangées et qu'il avait conscience de son impuissance, mais simplement parce qu'il n'y a même pas pensé. Était-ce la peur et le désespoir qui l'empêchaient de penser ou le profond assentiment qu'il donnait alors au cours des événements malgré la peur et le désespoir ? Quand Xavier S. a annoncé qu'il quittait le mouvement parce qu'il était hors de question qu'il participe à ça, Simon n'a pas pensé qu'il n'était finalement pas si bête qu'il en avait l'air, au contraire, il lui en a voulu et il a même été sur le point de lui reprocher publiquement sa lâcheté. Pourtant, lui-même a eu si peur pendant de si longs mois. Il a eu si souvent envie de fuir. Pendant le terrible été 1995, il est arrivé chez Antonia avec un énorme hématome sur le front. Il achetait son pain à la boulangerie. Il venait de payer les deux baguettes qu'il tenait sous le bras et il marchait vers la sortie quand il s'est rendu compte que tous les regards étaient tournés vers lui, comme aux aguets, il ne comprenait pas pourquoi, c'était tout à fait anormal, il cherchait autour de lui à repérer d'où venait une menace qui ne se faisait apparemment invisible que pour lui. Le visage des clients exprimait une appréhension stupéfaite qui le terrorisait, il les a regardés sans comprendre, mais qu'est-ce que vous faites ? a demandé quelqu'un et il a tendu la main vers son pistolet et soudain il a entendu un bruit énorme et tout est devenu noir autour de lui, il a compris qu'il était étendu sur le sol, ça y est, a-t-il pensé, on m'a tiré dessus, je vais crever ici, mais il était bien vivant et, quand il a pu reprendre ses esprits, il a compris qu'au lieu de marcher vers la porte, il s'était dirigé tout droit vers la baie vitrée dans laquelle il était rentré de plein fouet, tête la première, sans esquisser un seul geste pour amortir le choc. Il est resté un moment assis, complètement dans les vapes, à côté des baguettes et du pistolet tombés sur le sol. D'habitude, les mésaventures de ce genre suscitent l'hilarité générale, mais personne n'a ri et, quand il a raconté cette histoire à Antonia, elle n'a pas ri non plus, parce qu'elle savait que ce n'était pas drôle.

N'ont-ils pas tous vécu dans l'abjection ?

Même s'il croyait en Dieu, Simon T. ne se lèverait pas pour communier. Dans l'allée centrale de l'église, cinq personnes à peine contournent le cercueil et se dirigent vers le prêtre qui les attend, le calice à la main, cinq vieilles femmes et, parmi elles, Damienne T., la mère de Simon. Elle ferme les yeux et lève le visage vers le parrain d'Antonia qui lui dépose l'hostie sur la langue. *Le corps du Christ.* Simon ne doute pas que sa mère peut le recevoir sans se rendre coupable de blasphème.

Le chœur chante : *Que la lumière éternelle les illumine, Seigneur*, mais c'est seulement la lumière du mois d'août 1993 qui réveilla Simon alors qu'Antonia était déjà habillée et prête à partir. Elle vint s'asseoir près de lui et lui passa une main dans les cheveux. Tu crois vraiment que je n'aurais pas applaudi ? Oui, lui répondit-elle. Mais je ne suis pas sûre. Elle l'embrassa. Ferme la porte et laisse-moi les clés dans la boîte aux lettres. Elle alla travailler. La revendication du canal historique avait provoqué quelques réactions d'indignation ou de soutien mais, bien sûr, au bout de deux semaines, personne ne se souvenait ni des unes ni de l'autre. Antonia ne se faisait aucune illusion. Elle savait qu'on ne pouvait s'attendre à rien d'autre qu'à l'habituel triomphe de l'apathie mais elle ne pouvait cependant pas le supporter. Dans les mois qui suivirent, elle-même retourna à sa routine. Elle s'imaginait parfois que, finalement, rien ne tournerait à la tragédie collective. Les choses resteraient simplement aussi détestables qu'elles l'étaient déjà. Mais elle sentait qu'elle se trompait et que ce n'était qu'une question de temps.

Elle persistait à guetter l'apparition de ces photos qui ne devraient pas exister mais dont elle ne pouvait détourner le regard. En cette même année, un photographe sud-africain, Kevin C., remporta le prix Pulitzer pour l'une d'entre elles. On y voit un enfant, le ventre gonflé et les membres squelettiques, prostré sur le sol et, posé derrière lui, un vautour qui le fixe de ses yeux vides. Très rapidement, apparurent des photomontages sur lesquels la tête de Kevin C. remplace celle du vautour. De bonnes âmes indignées lui reprochaient d'avoir actionné le déclencheur au lieu de secourir l'enfant. Que la photo soit obscène, c'était indiscutable pour Antonia, comme ce devait être également indiscutable pour Kevin C. lui-même et c'était sans doute la raison pour laquelle il l'avait prise, afin que nul ne puisse prétendre ignorer l'obscénité du monde dans lequel il consentait à vivre. Kevin C., quant à lui, n'y consentit pas bien longtemps. Peut-être ne supportait-il plus d'avoir dû regarder si souvent la Méduse en face. En juillet 1994, à trente-trois ans, il fixait un tuyau de caoutchouc sur le pot d'échappement de sa voiture et en faisait pénétrer l'autre extrémité dans l'habitacle où il s'était installé. Il laissait un étrange mot d'adieu dans lequel il était question tout à la fois de dépression, de dettes, de pension alimentaire, de tueries, d'enfants mourants et de bourreaux et enfin d'un ami photographe, tué par balles en avril dans un township, qu'il espérait avoir la chance de rejoindre dans la lumière éternelle.

Antonia montra la photo à son parrain dont l'insupportable angélisme lui apparaissait comme une forme particulièrement perverse d'assentiment donné à l'obscénité du monde.

Mon Dieu ! dit-il.

Puis : que veux-tu que je te dise ?

Rien, répondit-elle. Il n'y a rien que tu puisses dire.

Pourtant, en 1995, alors qu'elle était déjà lasse de passer d'une scène de crime à l'autre pour tenir dans le journal la comptabilité des morts, il fut le seul à réagir autrement que par une résignation complice et peut-être même secrètement joyeuse, car il semblait alors à Antonia que l'île tout entière retentissait d'applaudissements frénétiques. Elle suivait, dans un village de la région, l'enterrement d'un militant, la quatrième ou cinquième victime de la guerre désormais ouverte entre nationalistes. Son parrain venait de célébrer la messe et bénissait le cercueil devant l'église. Dès qu'il eut terminé, quatre types cagoulés surgirent du maquis, lurent un texte et tirèrent trois salves, au garde-à-vous, avant de disparaître. Antonia avait bien sûr photographié la scène. Son parrain vint vers elle. Il avait l'air scandalisé.

Tu étais au courant de ce qui allait se passer, toi ?

Pas vraiment, répondit-elle. Mais je m'en doutais, ce n'était pas difficile à deviner.

Il se dirigea vers un groupe de militants et commença à les prendre à partie dans des termes qu'Antonia ne saisissait qu'à moitié mais dont la véhémence ne faisait aucun doute. Elle s'approcha. Les militants semblaient regretter qu'il n'ait pas été prévenu mais rien ne pouvait calmer son parrain, heureusement que vous ne m'avez pas prévenu ! parce que je n'aurais jamais accepté que vous fassiez ce cirque devant l'église ! et le terme de "cirque", qui ne pouvait, dans ce contexte, qu'être entendu de manière péjorative, déplut bien sûr à un militant qui le contesta vivement et parla d'honneurs à rendre mais le parrain d'Antonia lui coupa la parole avec une véhémence redoublée, les honneurs ? Quels honneurs ? Vous trouvez qu'il y a quelque chose à honorer ? Vous devriez pleurer, de tristesse, de tristesse et de honte parce qu'il n'y a pas de quoi être fier, croyez-moi ! Le militant tenta de se rebiffer et eut le malheur de donner à sa phrase une tournure hypothétique qui pouvait sonner comme une menace si bien que le parrain d'Antonia s'avança vers lui en esquissant un geste dont il n'est pas certain qu'il fût violent mais qui fut jugé suffisamment ambigu par l'assistance pour qu'Antonia crie "Parrain !" et que deux hommes s'interposent entre le prêtre et le groupe de militants comme entre des ivrognes désireux d'en découdre à une fête de village. Antonia ne put éviter, malgré ses efforts, que l'incident soit évoqué dans le journal, avec toute la pudeur requise, certes, mais l'évêque, admis cela qu'il n'eût pas été déjà prévenu par d'autres voies, avait appris à lire entre les lignes et il convoqua le parrain d'Antonia qui se présenta devant lui avec la plus extrême contrition tout en bafouillant pour sa défense quelque chose sur Jésus et les marchands du Temple.

Seriez-vous, par hasard, en train de vous comparer à Notre-Seigneur Jésus-Christ ? demanda l'évêque sur un ton doucement réprobateur.

Le parrain d'Antonia s'en défendit évidemment et confessa qu'il s'était laissé emporter par une colère injustifiable qu'il ne se pardonnait pas.

L'évêque se radoucit.

Nous vivons tous des heures difficiles. Peut-être sont-elles plus difficiles encore pour vous en raison de votre proximité si ancienne et particulière avec vos paroissiens. Mais c'est précisément parce que ces heures sont difficiles que nous nous devons plus que jamais d'être présents et de porter la parole de Dieu qui est une parole de paix.

Je sais, répondit le parrain d'Antonia.

Vous êtes prêtre, lui rappela l'évêque.

Je sais, dit le parrain d'Antonia. Je ne l'oublierai plus.

Mais quatre ans plus tard, en juin 1999, c'est lui qui sollicita une nouvelle entrevue.

Monseigneur, dit-il d'une voix suppliante, je ne peux pas rester ici plus longtemps, j'ai essayé, Dieu m'est témoin, mais je vous supplie de me confier une autre paroisse, n'importe où sur le continent. Je n'ai plus la force.

Il venait de célébrer les funérailles de Pascal B., assassiné alors qu'il avait cessé toute activité politique et tenait un petit restaurant de poissons en ville, un commerce dont on n'imaginait pas qu'il pût susciter des convoitises, si bien que sa mort devait demeurer un mystère car, à cette époque, plus personne ne croyait qu'il pût lui arriver quoi que ce soit, ni Xavier S. ou Jean-Joseph C., ni Simon T., ni Antonia, ni aucun de ceux que son parrain avait connus enfants, dansant le tango, buvant le Get 27 qu'ils vomissaient pitoyablement dans les canisses et qui se tenaient maintenant réunis, stupéfaits de douleur, devant le cercueil de celui qu'il avait aussi connu enfant et dont il avait tant craint qu'il rende sa filleule malheureuse, ce qui, désormais et pour toujours, était devenu impossible. Le parrain d'Antonia faisait le tour du cercueil, l'encensoir à la main, en pensant que jamais plus il ne voulait porter en terre quelqu'un qu'il avait connu enfant. S'il restait ici, il lui faudrait pourtant le faire à nouveau. Car rien ne changeait, rien ne cessait, rien ne commençait. C'était comme un virus, une forme indestructible de malaria, qui se manifestait par de fortes poussées de fièvre intermittentes, parfois mortelles, et qui, durant les périodes de rémission, demeurait simplement tapie en attendant de ressurgir et d'emporter de nouvelles victimes, au moment où elles se pensaient guéries. Pascal B. se pensait certainement guéri depuis longtemps, sans doute depuis la fin de l'année 1996, quand il avait réuni ses amis pour leur annoncer, c'est fini pour moi, c'est terminé, en refusant de leur donner les raisons d'une décision dont personne n'imaginait qu'elle soit due à la peur et Simon T. était certain que Pascal B. avait découvert quelque chose qui heurtait son intégrité morale au point de lui faire tirer sans hésiter un trait sur toute une vie de périls et de sacrifices mais qu'il lui était, par loyauté ou par honte, impossible de révéler et Simon T. avait une telle confiance en lui qu'il dit à son tour, alors c'est fini pour moi aussi, terminé. Faites ce que vous voulez, ajouta Pascal B., vous êtes libres. Je ne vous demande rien. Vous ne me devez rien. Je suis désolé de vous avoir entraînés dans cette merde et il avait quitté la réunion, suivi par Simon T. à qui il dit encore, d'une voix brisée par le remords, c'est notre faute, tout ça, c'est nous qui avons fait ça, reprenant à son compte, presque mot à mot, le reproche que lui avait fait Antonia après qu'en deux jours, les 30 et 31 août 1995, trois hommes eurent été abattus. Parmi eux se trouvait Pierre A., gisant sur un trottoir du centre-ville de Bastia, qu'Antonia revoyait, jeune et vivant, dressé dans le box, au procès de Lyon, et ces deux images étaient indissolublement liées quoiqu'il fût impossible de se représenter le chemin qui menait de l'une à l'autre. Antonia en ressentit un choc qui l'ébranla jusqu'au fond. Elle alla au village où elle trouva Pascal B. dévasté par la tristesse, mais elle se moquait bien de sa tristesse, parce que c'était sa faute, la sienne et celle de tous ses semblables, c'était à cause de leurs stupides cagoules, de leurs conférences de presse et de leurs armes et de toute leur mythologie de merde que ce pays tout entier vouait désormais un culte aux assassins, à cause d'eux, la capacité à donner la mort était devenue le seul étalon de la valeur humaine et quand Pascal B., les larmes aux yeux, lui dit que c'était comme ça depuis toujours, elle cria, ce n'est pas une excuse, c'est devenu encore pire à cause de vous, et voici l'apothéose, vous avez enfin réussi à vous entretuer, comme vous en rêviez depuis des années, au fond, vous devez tous être bien contents, maintenant, d'avoir enfin l'occasion de tuer et de mourir, comme des hommes, parce que pour vous, c'est ça, être un homme, vous n'imaginez même pas que ça puisse être autre chose, grand bien vous fasse, et si vous étiez les seuls concernés, je n'en aurais rien à foutre, mais vous n'êtes pas les seuls, vous nous contaminez, vous nous pourrissez tous, criait-elle, tout le monde entendait le bruit des coups de feu mais ce n'étaient pas seulement des ondes sonores qui se propageaient, c'étaient des radiations toxiques, à chaque coup de feu, brisant les corps et les esprits, empoisonnant l'air que tout le monde devait respirer, préparant Dieu savait quelle monstrueuse mutation pour l'avenir, et à chaque fois qu'Antonia se rendait sur une scène de crime, elle s'approchait dangereusement de la source radioactive qui les contaminait tous, elle le sentait physiquement, et tout est votre faute et Pascal B. avait fini par crier à son tour, tu crois que je ne le sais pas ? Tu crois que je n'aimerais pas tout recommencer autrement ? Tu crois que je ne le sais pas ? Tu ne me connais pas du tout, alors ? La colère d'Antonia retomba d'un seul coup. Ce n'est pas vrai que je n'en aurais rien à foutre, dit-elle. Je ne veux pas qu'on te tue.

Mais finalement on l'avait tué, presque sous les yeux d'Antonia.

En juin 1999, cela faisait deux ans qu'elle avait démissionné et quitté Ajaccio pour revenir s'installer dans sa région natale. Elle avait ouvert une petite boutique dans la vitrine de laquelle étaient exposées des photos de mariage et elle louait un appartement près du port. À la télévision, depuis deux mois, elle regardait les avions de l'Otan bombarder le pays qui, pour quatre ans encore, portait le nom de Yougoslavie. Chaque jour, des manifestants sortaient dans les rues de Belgrade, une cible de papier épinglée sur la poitrine, et le monument à la France était désormais recouvert d'un drap noir. Antonia aurait voulu avoir des nouvelles de Jelica mais elle réalisa qu'elle ne connaissait même pas son nom de famille. Il aurait été sans doute plus facile de retrouver Dragan. Elle n'essaya même pas. Elle avait peur que ni l'un ni l'autre n'aient envie de lui parler. Qu'aurait-elle pu leur dire ? Elle ne pouvait qu'espérer qu'il ne leur était rien arrivé. Ce jour-là, elle devait retrouver Pascal B. à cinq heures, dans son restaurant où il réceptionnait une commande. Ça fait longtemps qu'on n'a pas passé un moment ensemble, lui avait-il dit. Si tu veux, on pourrait aller dîner à Bonifacio, ou alors en montagne, comme tu préfères. Elle se dirigeait vers le restaurant quand elle avait entendu des détonations qui lui étaient suffisamment familières pour qu'elle n'ait pas besoin de s'interroger longtemps sur leur nature exacte. Elle s'était mise à courir et, en courant, elle savait déjà. Elle entra dans le restaurant moins de deux minutes plus tard. La salle était pleine de caisses de nourriture et, sur le comptoir du bar, se trouvait un livre de comptes ouvert, les pages tachées de sang. Pascal B. gisait sur le dos. Un jeune homme, penché sur lui, lui administrait un massage cardiaque. Il était si absorbé par sa tâche qu'il ne tourna même pas la tête vers Antonia. Il n'est pas mort, pensa-t-elle, Dieu soit loué, il n'est pas mort. La main droite de Pascal bougeait, comme s'il essayait de prendre appui sur le sol, et ses pieds tremblaient légèrement. Il n'est pas mort, pensa encore Antonia, et elle leva les yeux et elle vit luire sur le comptoir les traces blanches de cervelle. Ce n'est pas la peine, s'entendit-elle dire au jeune homme qui, cette fois, se tourna vers elle. C'est terminé. Il regarda autour de lui, regarda ses mains pleines de sang et se releva lentement. C'est terminé, oui, murmura-t-il. Quand on emporta le corps de Pascal B., elle sentit le sien se tendre dans un élan douloureux pour se jeter sur lui et le prendre dans ses bras mais elle ne bougea pas plus que si elle avait été paralysée. Les gendarmes recueillirent son témoignage et celui du jeune homme. Elle leur répondit posément et ne réagit pas quand l'un d'entre eux, qu'elle avait croisé quand elle était encore journaliste, lui fit une remarque acerbe, c'est une vocation chez vous de saloper les scènes de crime, non ? Je suis morte, pensa-t-elle. Je ne sens plus rien.

Que la lumière éternelle les illumine, Seigneur, avec Tes saints dans l'éternité : parce que Tu es bon.

Elle rentra chez elle sans prévenir personne de la mort de Pascal B. À peine avait-elle refermé la porte qu'elle ressentit une brûlure fulgurante aux intestins, elle courut vers la salle de bains en arrachant presque les boutons de son jean, elle eut à peine le temps de s'asseoir sur les toilettes alors que craquaient les digues de son corps qui se vidait de tous les côtés à la fois, la diarrhée lui tordait le ventre, la morve coulait sur ses lèvres et, à travers les larmes qui l'aveuglaient presque, elle apercevait les traînées de vomissure sur ses cuisses nues. Elle resta là longtemps, se balançant d'avant en arrière, les poings serrés contre ses paupières, et puis elle arracha ses vêtements souillés et alla s'asseoir dans la douche. Elle restait immobile sous l'eau chaude ruisselante, le savon à la main. N'étaient-ils pas à l'abri, tous, depuis longtemps maintenant, elle l'avait cru, oh, comme elle était bête de l'avoir cru ! Ils étaient tous réunis pour le mariage de Xavier S. et Lætitia O., c'était une magnifique journée de février 1997, claire et froide, et tout était fini, Antonia prenait des photos, Xavier S. se pavanait dans un abominable costume de noces à revers de satin, Lætitia O., enceinte de cinq mois, ressemblait à une grosse meringue radieuse, le couple s'était installé dans une station balnéaire de la côte orientale où Xavier S. s'occupait avec des associés locaux de la gestion d'une boîte de nuit à la mode, il fréquentait la jet-set avec délices, les chanteurs célèbres, les animateurs, les hommes politiques qui possédaient une résidence secondaire dans la région et dont les portraits dédicacés avaient envahi les murs de son salon. Une semaine après le mariage, Antonia avait reçu un coup de fil de Lætitia qui l'invitait à passer les voir. Un de leurs amis célèbres avait une proposition à lui faire. Il avait adoré les photos qu'Antonia avait prises à leur mariage et, alors qu'ils buvaient l'apéritif dans la maison de Xavier S. et Lætitia O., il la couvrait d'éloges dithyrambiques. Il devait lui-même se marier début avril, à l'île Maurice. Si Antonia acceptait de venir assurer le reportage, il était prêt à appeler devant elle et sur-le-champ le photographe qu'il avait déjà engagé pour l'envoyer paître. Bien sûr, il couvrirait tous les frais du voyage d'Antonia en plus de ce qu'il paierait pour le reportage. Il annonça une somme si extravagante qu'Antonia pensa avoir mal entendu. Elle accepta. Elle remboursait encore le crédit qu'elle avait dû souscrire pour ses voyages en Yougoslavie. Et l'idée de changer d'air ne lui déplaisait pas. De retour à Ajaccio, elle prit des renseignements sur les tarifs pratiqués par les photographes de mariage. Bien qu'ils fussent très inférieurs à ce que lui proposait l'ami de Xavier S., Antonia calcula qu'ils lui permettraient, si elle travaillait régulièrement, de s'assurer un bien meilleur salaire que son métier de journaliste. Et puis Xavier S. connaissait d'autres célébrités sans doute prêtes à enchaîner les mariages plus somptueux les uns que les autres et qui feraient peut-être aussi appel à ses services. La perspective de quitter un emploi merdique pour un autre n'était certes pas très enthousiasmante mais Antonia était prête à se ruer sur n'importe quelle porte de sortie. L'apathie étendait à nouveau son règne. Comme si rien ne s'était passé, les nationalistes placardaient des affiches de soutien aux prisonniers politiques. Sur l'une d'elles, un petit garçon, seul face à la mer, écrivait "Papa", en corse, dans le sable. Dans une bulle au-dessus de sa tête apparaissait le visage du père. Le dessinateur l'avait affublé d'une gueule si patibulaire qu'aucun être sensé n'aurait pu songer sans un frisson d'horreur à l'éventuelle libération d'un tel primate, pas même son fils. C'était encore la même rhétorique, le même imagier. Mais Antonia se sentait irradiée. Les années précédentes avaient imprimé en elle une trace ineffaçable. Elle ne voulait plus avoir à s'approcher d'une scène de crime. Et, dans la vie, elle ne savait faire qu'une chose : prendre des photos. Elle présenta sa démission.

Elle arriva à l'île Maurice où l'ami de Xavier S. l'accueillit dans un somptueux hôtel du bord de mer. Il la présenta à sa promise et aux invités du mariage comme une photographe d'un exceptionnel talent. Il lui avait réservé une petite villa indépendante avec piscine privée. Jamais Antonia n'avait été en contact avec un tel luxe. Elle repéra les lieux, se promena sur une plage en tout point semblable à celles qu'on voyait sur les cartes postales et but des cocktails confectionnés par un affable barman indien. Seul le personnel de l'hôtel donnait une idée de la diversité ethnique de l'île car la clientèle était exclusivement composée d'Européens aisés dont la vulgarité insigne fut pour Antonia un constant motif d'émerveillement. Elle photographia la cérémonie, l'échange des alliances célébré par l'apparition d'un groupe ondulant de danseuses créoles vêtues de pagnes et elle prit soin de faire le portrait de chacun des invités. L'heure dorée du soleil couchant fut évidemment consacrée aux jeunes mariés. Antonia les prit en photo sur la plage dans des postures languides. Elle eut soudain une idée grotesque dont elle ne douta pas qu'elle les ravirait. Elle leur demanda de retirer leurs chaussures et de courir vers elle le long du rivage, au plus près des vagues, en se tenant par la main. Le marié retroussa le pantalon de son costume sur ses mollets poilus. Ils se mirent à courir. Antonia suggéra qu'ils recommencent. Ils revinrent vers elle. Ils étaient écarlates et en sueur. On va peut-être le faire encore deux ou trois fois, dit Antonia. Je pense que ça va être superbe mais je préfère assurer le coup. La lumière change tout le temps. Elle libéra ses victimes une demi-heure plus tard quand la disparition du soleil à l'horizon la priva de prétexte pour inventer de nouvelles tortures. Elle envoya les tirages au marié. Il l'appela pour lui répéter à quel point il était admiratif de son travail. Son épouse se joignait à lui pour exprimer sa gratitude et sa reconnaissance. Elle avait continué à photographier les mariages. C'était fini, il ne pouvait plus rien arriver de mal. Oh, comme elle avait été bête, pensait-elle sous l'eau ruisselante, comme elle avait été bête !

Elle sortit de la douche. Elle passa la serpillière et mit son linge dans la machine à laver. Elle débrancha le téléphone fixe et éteignit son portable. Elle alla s'allonger. Des coups frappés à la porte la réveillèrent. Il était sept heures du matin et elle avait dormi d'un sommeil sans rêves comme s'il ne restait plus rien en elle. Elle s'habilla et alla ouvrir. Devant elle se tenait son parrain. Ma petite, murmurait-il. Ma petite. Pour la première fois depuis longtemps, elle se jeta dans ses bras. Dans la journée, elle monta au village. Elle passa voir ses parents. Marc-Aurèle pleurait dans la cuisine. Elle alla présenter ses condoléances à la famille de Pascal B. La date de l'enterrement n'était pas encore fixée. On leur rendrait le corps après l'autopsie. Tous les amis d'enfance d'Antonia étaient là, assis sur des chaises installées le long des murs du salon plongé dans la pénombre. Elle sortit, accompagnée de Simon T. Ils marchèrent ensemble dans les rues du village. Si elle n'avait pas avorté, son enfant aurait presque six ans et marcherait près d'eux en lui tenant la main. C'était la première fois qu'une image pareille lui venait à l'esprit. Elle avait eu raison d'empêcher cet enfant de naître. Même maintenant tu ne crois pas que j'ai eu raison ? faillit-elle demander à Simon mais elle se tut pour ne pas lui faire de peine. Elle posa une autre question. Tu ne veux pas qu'on descende dîner en ville ? Je n'en peux plus. Il accepta. Ils burent un verre sur le port et allèrent au restaurant. Ils mangeaient sur une terrasse surplombant la mer.

J'ai l'impression d'être morte, dit Antonia.

Tu n'es pas morte, lui dit Simon.

Elle haussa les épaules et se passa une main sur le visage. Il la regardait avec une infinie pitié. Il aurait fait n'importe quoi pour l'arracher à sa peine. Il lui prit une main qu'elle abandonna, toute molle, dans la sienne.

Tu veux que je reste avec toi cette nuit ? lui demanda-t-il et il vit ses yeux se remplir de larmes tandis qu'elle lui serrait la main.

Oui, dit-elle. S'il te plaît, reste avec moi.

Absoute : *Libera me*

12

(Légionnaire sur une plage de Calvi, 2003)

Délivre-moi, Seigneur, de la mort éternelle,

et il l'entend, maintenant, c'est bien la voix d'Antonia qui résonne pour la dernière fois dans l'église, le chant s'élève de sa mâchoire brisée, elle est redevenue un petit enfant, elle fait face à quelque chose de trop grand, qu'elle ne comprend pas et qui lui fait peur, qu'elle ne peut pas fuir,

Je tremble et j'ai peur,

dit-elle, et on ne peut pas plus la consoler qu'un bébé qui pleure quand l'eau trop froide du baptistère coule sur son front, les étreintes aimantes, les caresses et les baisers sont inutiles, car il n'existe alors rien d'autre au monde que la morsure du froid, l'angoisse et la solitude, et l'impuissance radicale, n'aie pas peur, ma petite, voudrait-il lui répondre, mais elle ne peut pas l'entendre, elle est aveugle et sourde, elle gémit, il l'entend gémir dans la beauté solennelle du chant qui est aussi le gouffre obscur, elle ne sent pas le parfum de l'encens dont les volutes s'enroulent autour du cercueil alors que son parrain balance lentement l'encensoir et murmure les paroles prescrites,

Que mon appel parvienne jusqu'à Toi, arrache son âme, Seigneur, les lourdes oscillations de l'encensoir diffusant le parfum qui sanctifie la chair façonnée par Dieu, à Son image et ressemblance, malgré les côtes et la mâchoire brisées, l'inertie du sang figé, la corruption, même si la pauvre chose gisant devant l'autel ne ressemble déjà plus à la jeune femme qui, quelques jours plus tôt, s'avançait dans les rues de Calvi pour rejoindre Dragan qu'elle croyait perdu et qui l'attend, en uniforme, à la terrasse d'un café du port, et lui sourit quand elle s'assoit à côté de lui alors que, la dernière fois qu'elle l'a vu, il pleurait en lui faisant signe de ne pas le suivre sur ce pont du Danube dont les bombardements de l'Otan, lui apprend-il, n'ont laissé subsister que les piliers immobiles dans le courant, crevant la surface des eaux sombres, si bien que le grand fleuve lui-même a l'air en ruine. Des jeunes gens riaient sans qu'elle comprenne pourquoi bien qu'il soit évident qu'ils riaient de Dragan, méchamment, pour se moquer de lui, comme si sa présence solitaire sur le pont, son treillis déchiré et son désarroi avaient quelque chose de ridicule ou d'irrésistiblement comique et maintenant qu'elle l'a retrouvé, elle peut lui demander, as-tu compris pourquoi ils riaient ? et il répond, je crois, mais il ajoute en haussant les épaules, à condition qu'il y ait quelque chose à comprendre. Je t'écoute, dit Antonia, désormais aveugle et sourde, allongée dans le cercueil que quatre hommes soulèvent des tréteaux et hissent sur leurs épaules avant de marcher vers la sortie de l'église, suivis par le prêtre qui murmure encore des prières en passant devant Notre-Dame du Rosaire, aveugle et sourde elle aussi sous la peinture délavée, tandis que l'assistance libérée s'ébranle à son tour, dans le vacarme soudain des prie-Dieu crissant sur les dalles, et vient former une longue file derrière le cercueil qui passe le seuil et jaillit dans la lumière aveuglante de l'été. Devant le corbillard encombré de fleurs, le parrain d'Antonia récite les dernières prières tandis que les gouttes d'eau bénite tombent sur le cercueil comme ruissellent les eaux du baptême avant de s'évaporer dans la chaleur,

Arrache son âme,

répète-t-il et il ne veut pas s'arrêter de prier même s'il sait bien qu'il devra bientôt rejoindre les siens, cesser un moment d'être prêtre, et se tenir en rang auprès d'eux le long du mur de l'église, sous la face grimaçante des démons gravés dans la pierre, pour recevoir, une dernière fois, les condoléances alors que le corbillard démarrera et emmènera Antonia vers le cimetière où on l'allongera dans le caveau familial, à une place qui n'était pas prévue pour elle, toute seule, dans les ténèbres,

Je tremble et j'ai peur,

l'entend-il gémir,

En ce jour terrible

dont il n'est pas possible de repousser plus longtemps la venue,

Quand le ciel et la terre seront ébranlés,

et il se détourne d'Antonia qu'on emporte loin de lui pendant qu'il remercie les chanteurs et prend place, auprès des siens, le long du mur de l'église où il lui faut encore supporter la présence de ces gens qui l'ont embrassé vingt fois dans la journée mais se bousculent quand même pour l'embrasser à nouveau, en annonçant parfois leur nom, leur village d'origine ou leur degré de parenté avant de demander avec inquiétude, tu me reconnais ? ne se sentant soulagés que lorsqu'il a répondu, oui, bien sûr, je te reconnais, alors qu'il vacille sous le déferlement incessant des condoléances, la vue brouillée par la sueur brûlante qui coule sur ses paupières, et qu'il ne reconnaît évidemment plus personne, pas même ceux qu'il a vus grandir, Jean-Joseph C., Madeleine et Lætitia O., Xavier S. auxquels il rend machinalement leur baiser sans même se demander qui ils sont parce qu'il ne veut reconnaître personne sauf Damienne T. qui se tient soudain devant lui, sans rien dire, et met seulement les deux bras autour de son cou et disparaît sans même lui laisser le temps de la remercier pour faire place à un nouvel inconnu moite et larmoyant qui, dès son devoir accompli, se met à l'écart pour fumer une cigarette en riant avec des amis. Il entend les rires et les rires le blessent, malgré lui, que suis-je devenu ? se demande-t-il, car il aimait jadis sentir la persistance de la vie côtoyer le recueillement du deuil, la maladresse insouciante de la vie, il aimait la rumeur des conversations enjouées, au seuil même de l'église, et jamais il ne s'est offensé de la candeur des rires. Pourquoi est-il incapable de les trouver candides aujourd'hui ? Ils riront, pense-t-il,

Quand Tu viendras juger le monde par le feu,

même ce jour-là, certains d'entre eux éclateront d'un rire mauvais dans lequel il n'y aura peut-être rien à comprendre, mais peu importe, au fond, peu importe, c'est à cause de ce rire que j'ai voulu quitter ce pays qui change de nom trop souvent, dit Dragan, je ne pouvais plus le supporter, car il semblait que le pays tout entier soit soudain secoué du même rire, un rire sans joie, convulsif, atrocement contagieux, qu'on entendait partout, dans la rue, pendant les repas familiaux, dans les alcôves et les bureaux de l'administration où les fonctionnaires te laissaient attendre des heures en pouffant, et s'ils finissaient par te recevoir, c'était pour te rire au nez quand tu prétendais avoir droit à quelque chose, comme ils riaient au nez des vieilles qui venaient réclamer leur pension, parce que toutes les formes de détresse étaient devenues hilarantes, ils riaient, leurs visages grimaçant, figés comme des masques, en se tenant les côtes et, un jour, un recruteur de la Légion étrangère est arrivé en ville, pour offrir un remède à ceux qui souffraient de cette terrible fièvre qu'est la nostalgie de la guerre, dont il est presque impossible de guérir parce qu'il est infiniment plus facile de rejoindre la guerre que de la quitter, et il faisait le tour de la Serbie, c'était un Serbe lui-même, un type de Niš, Dragan se le rappelle très bien, il n'a pas ri en les recevant, lui et trois de ses amis démobilisés récemment, il les a priés très poliment de s'asseoir avant de leur demander s'il leur était déjà arrivé de brûler vif quelqu'un, et comme ils répondaient tous non, un peu surpris, il leur a demandé s'ils étaient prêts à le faire et, au bout d'un moment de silence, un ami de Dragan a dit, si c'est pour partir d'ici, je veux bien commencer tout de suite, de préférence avec un fonctionnaire, et le type de Niš a ri, mais d'un bon rire franc, comme on rit à une bonne blague, d'ailleurs, la question elle-même était une blague, une façon un peu brutale et carrément douteuse d'éprouver leur motivation, mais on était tous motivés, dit Dragan, au point que la réponse de mon ami était, je crois, tout à fait sérieuse, et je me suis retrouvé, trois mois plus tard, en France, avec des engagés venus du monde entier mais surtout d'Europe de l'Est, des Ukrainiens, des Polonais, des Roumains, d'autres Serbes et, bien sûr, des Croates aux côtés desquels il fallait maintenant courir et ramper dans la boue, mais les souffrances physiques le rendaient presque heureux et, en recevant son képi blanc, Dragan se félicitait d'avoir laissé derrière lui un pays dans lequel il se promettait de ne jamais remettre les pieds, pas tant, en tout cas, que ce rire intolérable le tiendrait dans son emprise, il y avait tant d'autres pays où il pourrait désormais aller avec le 2e REP, des pays étranges et lointains, en Afrique, dans les déserts et les forêts, près d'autres rivages où les vagues se briseraient dans une gerbe d'écume sur la barrière de corail, il suffisait d'attendre encore un peu et je saurais où on allait m'envoyer, dit Dragan qui fume maintenant une cigarette, une bière à la main, assis les pieds dans le sable, au bord de la terrasse d'une paillote sur la plage, alors que les vagues ne se brisent pas mais clapotent mollement dans la chaleur étouffante de la nuit. La lumière d'une lampe éclaire son visage ainsi que la main qui tient la bière et, derrière lui, brillent les murs ocre de la citadelle. Je vais te prendre en photo encore une fois, dit Antonia, et Dragan fait un vague signe de la main en tirant sur sa cigarette. Antonia n'est pas sûre que la lumière soit suffisante mais elle déclenche quand même en songeant que, pour la première fois depuis des années, elle accomplit ce geste simplement parce qu'elle en a envie et quand ses parents feront développer la pellicule pour envoyer les photos aux familles des mariés de Calvi, ils verront apparaître, après les alliances, les voiles et les boutons de manchette, les dentelles blanches, les convives d'un banquet et un couple épuisé courant sans fin sur la plage, le portrait d'un légionnaire qu'ils ne connaissent pas et dont ils ne sauront jamais rien. Si Antonia avait pu voir la photo, peut-être en aurait-elle été satisfaite malgré ses imperfections techniques. Des ténèbres émergent seulement quatre taches de lumière : un côté du visage de Dragan, ses doigts sur l'étiquette de la bouteille de bière, la minuscule incandescence de la cigarette et, plus loin, la citadelle suspendue comme un astre pâle au-dessus d'une mer invisible. Peut-être aurait-elle jugé qu'elle était enfin parvenue à atteindre la simplicité des photos qui la touchaient tant lorsqu'elle était enfant, les portraits de famille, les polaroïds, les photos d'identité rangées dans des enveloppes jaunies ou plaquées sur la pierre des tombeaux qui, toutes, dans leur innocence impitoyable, disent la même chose, des hommes ont vécu, mais désormais, la mort est passée, en vérité, la mort est déjà passée au moment même où une main anonyme actionne le déclencheur, dans l'immeuble de la Loubianka, les prisons de Phnom Penh ou, plus loin encore, dans un appartement de Santiago du Chili, alors que le soleil éclaire à contre-jour le visage d'une étudiante souriante tenant entre ses mains l'étui en cuir d'un appareil photo et qui n'eut d'autre sépulture que ce portrait et alors, peut-être, Antonia aurait pu songer que tous ces clichés dont elle avait si honte d'être l'auteur, les joueurs de pétanque, les comités des fêtes, les élections de miss ou les jeunes gens posant en cagoule dans le maquis, le fusil à la main, sous des drapeaux à tête de Maure disaient au fond eux aussi la même chose, avec la même innocence et, bien sûr, la même absence de pitié. Sur la pierre scellant le tombeau d'Antonia, il n'y a pas de photo d'elle, même si sa mère aurait voulu en placer une qui lui aurait permis, quand elle viendrait s'y recueillir tous les jours, de revoir le visage de sa fille tel qu'il a été et non tel que sa mémoire trompeuse en déformera les traits, mais elle a fouillé partout sans en trouver aucune, ni chez elle, si ce n'est de vieilles photos de classe dont la plus récente date de 1982, ni dans l'appartement d'Antonia, où elle est venue le lendemain de l'enterrement pour y dénicher seulement, au fond d'un placard, une boîte à chaussures remplie de vieilles pellicules non développées si bien qu'elle pleure maintenant en face d'une pierre toute grise et presque nue sur laquelle sont seulement gravés en lettres noires le nom de sa fille et les deux dates de sa naissance et de sa mort. Il fait encore si chaud qu'autour du caveau, les fleurs ont commencé de se flétrir sur les couronnes et dans les vases d'eau stagnante, à la lueur rouge des bougies. Le parrain d'Antonia prend le bras de sa sœur, viens, dit-il, je te ramène à la maison et, maintenant que l'enterrement est passé, elle n'a plus la force de lui résister et il l'entraîne dans les allées du cimetière, il faut que tu te reposes, lui dit-il encore, d'un ton plein de prévenance mais il ne peut s'empêcher de penser qu'il ne cherche au fond qu'à se débarrasser d'elle pour se retrouver seul avec Antonia dont il ne veut partager le deuil avec personne, que suis-je devenu ? pense-t-il,

Seigneur, prends pitié,

Christ, prends pitié,

et il accompagne sa sœur jusqu'à la chambre où dort déjà son beau-frère, assommé par les somnifères, avant de repartir seul vers le cimetière, jouissant de sa joie coupable, alors que le soleil se couche sur la mer. Il pousse la grille et marche entre les caveaux et les antiques croix noires, penchées dans l'herbe sèche, rappelant que gisent ici les morts oubliés, et il s'arrête brusquement en voyant Marc-Aurèle assis au milieu des fleurs, la tête baissée, la main appuyée contre la pierre nue, et il est exaspéré malgré lui par la présence de son neveu qui ne l'entend même pas arriver et finit par lever vers lui un visage si vulnérable et désemparé que le parrain d'Antonia sent avec une infinie gratitude son cœur s'ouvrir enfin à autre chose qu'à son propre chagrin, la grâce, la brûlure du charbon ardent, viens, mon garçon, dit-il en s'avançant et il étreint son neveu de toutes ses forces, l'aveuglant contre sa poitrine, pour le tenir un instant hors d'atteinte de la mort éternelle et du jour amer, dans l'abri dérisoire de ses bras, et ils restent ensemble immobiles, en oubliant les fleurs, le crépuscule et l'eau croupie, tandis que descend lentement sur les tombes une nouvelle nuit de canicule, comme si la chaleur provenait directement des étoiles vers lesquelles, dans une nuit semblable, à quatre heures et demie du matin, Antonia, assise près de Dragan sur la plage de Calvi, lève les yeux en songeant qu'elle va devoir rentrer mais que, cette fois, elle pourra lui dire au revoir et, quand elle lui demande où on l'a finalement envoyé, il boit une gorgée de bière et il répond, à Sarajevo, évidemment, après quoi ils demeurent un instant tous les deux silencieux jusqu'à ce qu'Antonia se lève parce qu'il est maintenant temps de partir.

Les photographies d'Antonia sont bien entendu imaginaires, comme l'est leur auteur, mais les autres, quoique décrites avec plus ou moins d'exactitude, sont bien réelles.

Elles sont l'œuvre d'Eddie Adams, Don McCullin, Gérard Malie, Kevin Carter et Ron Haviv. On trouvera les portraits évoqués dans le chapitre 7, mis à part celui d'Ossip Mandelstam, dans le livre de Tomasz Kizny, *La Grande Terreur en URSS*, aux éditions Noir sur Blanc.

La jeune fille en rouge du même chapitre s'appelait Christina et servit de modèle à Mervyn O'Gorman sur une plage anglaise en 1913.

L'étudiante chilienne citée dans le chapitre 12 s'appelait Sara de Lourdes Donoso Palacios. Elle a disparu en 1975. On peut voir sa photo au musée de la Mémoire de Santiago du Chili et son nom gravé sur une plaque commémorative de la villa Grimaldi, dans la même ville.

Deux photographes, ou plutôt leurs contreparties fictives, tiennent une place essentielle dans ce roman : Gaston Chérau, qui couvrit la guerre italo-turque, entre 1911 et 1912, en Libye, et Rista Marjanović, dont le travail s'étend sur les deux premiers tiers du XXe siècle. Sans Pierre Schill, grâce auquel j'ai connu le premier, et Zorana Vojnović, petite-fille du second, qui m'a donné accès aux photographies de son grand-père, ce texte n'existerait pas. C'est dire ce que je leur dois.

Je veux aussi remercier Jean Hatzfeld, le père Matthieu Rougé, Jean-Marc Bodson, ainsi que Milica, Melita, Borislav et Nikola qui, tous, m'ont permis de m'orienter dans des territoires inconnus.

Conformément à la promesse que je lui ai faite, je ne peux pas nommer la personne dont l'aide m'a été la plus précieuse. Mais je sais qu'elle se reconnaîtra et, après tout, cela seul importe.

OUVRAGE RÉALISÉ
PAR L'ATELIER GRAPHIQUE ACTES SUD
ACHEVÉ D'IMPRIMER
EN NOVEMBRE 2023
PAR NORMANDIE ROTO IMPRESSION S.A.S.
À LONRAI
POUR LE COMPTE DES ÉDITIONS
ACTES SUD
LE MÉJAN
PLACE NINA-BERBEROVA
13200 ARLES

DÉPÔT LÉGAL
1re ÉDITION : AOÛT 2020
N° impr. : 2305244
(Imprimé en France)